利时光

邵斌◎著

A Good Year in Leuven

浙江工商大學出版社
ZHEJIANG GONGSHANG UNIVERSITY PRESS

图书在版编目(CIP)数据

比利时光 / 邵斌著. —杭州：浙江工商大学出版社，2015.3(2015.8 重印)

ISBN 978-7-5178-0951-7

Ⅰ. ①比… Ⅱ. ①邵… Ⅲ. ①游记—作品集—中国—当代 Ⅳ. ①I267.4

中国版本图书馆 CIP 数据核字(2015)第 030168 号

比利时光

邵　斌著

责任编辑　沈　娴
封面设计　王妤驰
版式设计　钟恒波
插图设计　郑思佳
责任校对　何海峰
责任印制　包建辉
出版发行　浙江工商大学出版社
(杭州市教工路 198 号　邮政编码 310012)
(E-mail:zjgsupress@163.com)
(网址:http://www.zjgsupress.com)
电话:0571-88904980,88831806(传真)
排　　版　杭州朝曦图文设计有限公司
印　　刷　杭州五象印务有限公司
开　　本　710mm×1000mm　1/16
印　　张　19.5
字　　数　200 千
版 印 次　2015 年 3 月第 1 版　2015 年 8 月第 2 次印刷
书　　号　ISBN 978-7-5178-0951-7
定　　价　46.80 元

浙江工商大学出版社营销部邮购电话　0571-88904970

比利时光

Bin There, Done That

The lovely Leuven landscape lies
open, reader, for your eyes.
With your guide feel truly blessed:
your learned host, my honoured guest.

——*Dirk Geeraerts*

比利时光

《比利时光》诗序

比利时光欧陆风，
天遥地远语不通。
幸有霞客生花笔，
鲁汶风雅一卷中。

——德克·希拉茨
（比利时鲁汶大学语言学家）

自序：我把心儿遗忘在了鲁汶

PREFACE　I Lost My Heart in Leuven

2012 年至 2013 年在比利时鲁汶大学度过的岁月，是我过去 35 年里最快乐的一段时光。如今回国来，依然常常想起那段日子，我称之为“鲁汶美好的一年(A Good Year in Leuven)”。“美好的一年”来自同名电影，电影讲述了一位伦敦证券师在阳光灿烂的法国普罗旺斯收获爱情并领悟生命真谛的故事。比之普罗旺斯，鲁汶的阳光没有那么热烈，但那份悠闲和诗意则是只多不少，更何况，鲁汶还弥漫着浓浓的书香。

我去鲁汶，也是缘分。因为当时在国内攻读博士学位，我便联系了研究领域内的专家，想去国外进修，开阔一下眼界。机缘巧合的是，联系的教授欣然同意，其工作单位恰是鲁汶大学。在这之前，我对这所大学所知甚少。按照国内学界的风气，访学似乎不是去牛、剑，就得是哈、耶，我并没有这般情结，误打误撞就进了鲁汶。

国人对于英美等国了解颇深,而对比利时的印象似乎只限于巧克力和啤酒。得知我要去比国,朋友问得最多的就是:你会比利时语吗?殊不知,比利时根本就没有比利时语。比利时的官方语言有三种:弗拉芒语、法语和德语;其中,弗拉芒语是荷兰语的一种变体。比利时境内有一条非常清晰的语言分界线,北部法兰德斯地区是弗拉芒语区,南部瓦隆地区是法语区,邻近德国的部分地区则是德语区。弗拉芒语和法语的分界线东起荷兰的马斯特里赫特,西迄伊普尔,一直延伸至法国北部的敦刻尔克。这一语言分界线从 11 世纪就已大体形成,延续至今。比利时人,特别是操弗拉芒语的北方人,常常为多语者,除精通上述 3 种语言外,英语的熟练也不在话下。小国多语,可谓是比利时的国情。

在比利时,语言问题常会衍化为影响巨大的政治事件,甚至影响历史的进程。在 19 世纪初,比利时尚未独立,由荷兰国王威廉一世统治。1824 年,国王把官方语言由法语改为荷兰语,而当时比利时大部分的上层阶级都讲法语,这一语言改变引起了比利时人的强烈不满,当时的一位学者写道:

> 在一个以法语为文学、新闻、交谈和司法语言的国家里,国王竟随心所欲,下达命令,说从此以后,法语不再是国语,而比利时人必须忘掉他们自己的语言,改变他们和他们子女的语言器官来使用荷兰语,实属太无政策远见了;他不顾实际情况而又蔑视文化,实属太专横武断了。

这一语言争端的结果便是，比利时在1830年建立了自己的独立国家。然而，过了一个世纪，形势发生了逆转。到了20世纪，随着弗拉芒地区经济的发展以及弗拉芒人自主意识的增强，他们越来越无法容忍本地区最好的大学——鲁汶大学却是一所法语大学。弗拉芒运动在60年代达到了顶峰。当时学校当局仍想维持一种"文化种族主义"，学校上层之间仍用法语交流，各种文件仍用法语颁发，这些激起了弗拉芒人的不满。1963年的一幅漫画描绘了这样的场景：两队人马走在大街两旁，各自举着自己的旗帜，一边是法兰德斯的狮子，一边是瓦隆的雄鸡，两队人怒目而视。1965年，弗拉芒学生游行的标语上写着："瓦隆人，你滚回家去。"1966年，鲁汶大学爆发了弗拉芒学生罢课事件，要求法语师生离开鲁汶，示威活动最终使得比利时红衣主教苏埃嫩斯被迫离开了自己的梅赫伦大教堂。1968年，比利时首相范登·博埃南不允许鲁汶大学分裂，导致政府中8位弗拉芒大臣离职，首相也不得不因此而辞职。新大选之后，政府终于决定：鲁汶大学一分为二，讲弗拉芒语的科系留在鲁汶城不动，成了"老鲁汶"，而讲法语的科系全部迁出鲁汶，组建"新鲁汶"。因为语言争端，居然导致主教辞职，首相下台，大学分裂，这就是我们所不了解的比利时！

比利时似乎只是"巴掌大的地方"，它的建国史也不足两百年，和中国的"地大物博、历史悠久"形成鲜明对比。然而，事实上这里从古至今一直是欧洲人口最稠密、经济最发达的地区之一，是兵家必争之地。早在14世纪初，这里就汇集了欧洲最早的一批城市，布鲁日是当时的世界性海港，还是布料交易中心。根特和伊普尔也都有数万人口，是当时西欧的大城市。16世纪在勃艮第王朝统治之下，安特卫普成为世界上的主要港口城市，是当时印刷和钻石工业的中心，且在1531年就成立了证券交易所。比利时制造的花边、玻璃和挂毯远销国外。在罗浮宫，在欧洲的各个古堡，我们都可以看到中世纪的比利时生产的挂毯！

事实上，比利时和中国在很早以前就有了交集。第一个从中国返回欧洲的传教士即是比利时人，他叫金尼阁，是他最早将中国典籍“五经”翻译成拉丁语，还编辑出版了《利玛窦中国札记》。当他以英雄的姿态返回故乡时，还专程去了安特卫普，请当时著名的画家鲁本斯画了一幅肖像。那是在1617年的1月17日。金尼阁在欧洲刮起了“中国旋风”，次年他带着22名耶稣会士及7000本西文书籍再度来华，后来还将《大秦景教流行中国碑》译为拉丁文，寄往欧洲。金尼阁最后终老于杭州，葬于杭州西郊的耶稣会司铎公墓。之后是1654年，回欧后的传教士卫匡国在鲁汶做了一场有关在中国传教的演讲，这次演讲使得三位鲁汶大学的青年学生热血沸腾，下定了去遥远的中国传教的决心。他们是南怀仁、柏应理和吴尔铎。南怀仁作为康熙身边的重臣，一直致力于传播西方的文明与科学，曾任清廷的钦天监。他最后老死于北京，康熙为他举行了隆重的葬礼，并评价他“治理历法效力有年。前用兵时，制造兵器多有裨益”。柏应理是中西文学交流史上的重要人物，他把“四书”翻译成了拉丁语，并在巴黎出版了《中国贤哲孔子》，这是17世纪欧洲介绍孔子及其著述的最完备的书籍。吴尔铎最大的贡献是绘制了第一张西藏地图。中比交流的最好见证是在鲁汶大学国际办的院子里，怀仁厅前——那里竖立着中国政府在纪念南怀仁逝世300周年时赠送给鲁汶大学的天象仪模型。

火车从布鲁塞尔往东走 30 公里，就到了比利时的大学城——鲁汶。1425 年，鲁汶天主教大学，低地国家中迄今最大最古老的大学，同时也是世界上最古老的天主教大学诞生了。从那时起，低地国家的学子再也无须远赴巴黎求学，可以在家门口上学了，鲁汶的布料交易所大楼也捐给了学校，于是唧唧织布声让位于琅琅读书声。从此，就有了城市和大学相存相依的 600 年历史。

说鲁汶是大学城，是因为这个城市的一切似乎都为大学服务。大学的各个院系分布于城中，大街小巷仿佛是院系大楼间的通道。人群中，每 3 人就有 1 人是学校的师生，老市场里数以百计的酒吧都向着学生敞开大门，世界第一大啤酒公司英博啤酒也坐落在鲁汶，因为啤酒与学生同在。学校介绍里有这么一句话："小城和大学，你中有我，我中有你，难分彼此，除鲁汶外，哪里还有？"城市和大学常有"礼尚往来"，成为佳话。1975 年，鲁汶大学 550 年校庆时，城市在市政厅边竖立了一座"智慧之泉"雕像，赠给大学：一个读书郎右手持罐，罐中有水汩汩流出，浇在头顶，读书郎左手捧书，放置胸前，目不转睛，读书入神。而在 2000 年，鲁汶大学 575 年校庆时，作为回礼，大学送给城市一座表现"针刺甲虫"形象的"图腾"雕像，银光闪闪昂然挺立于中央图书馆前。

鲁汶大学素有"比利时之牛津"的美誉。鲁汶之于布鲁塞尔，就如同牛津剑桥之于伦敦，这里自古以来就是求学的好地方。罗马教皇阿德里安六世 1476 年来鲁汶大学学习，后来曾在学校任神学教授。他当选教皇之后，因推行宗教改革，不容于当时。在最后的岁月里，他曾向老朋友感慨："当年我们在鲁汶的安静生活是多么惬意啊！"1517 年，欧洲人文主义大师伊拉斯谟执教鲁汶，并创建了"三语学院

(Collegium Trilingue)”,研究希伯来文、希腊文与拉丁文,使得鲁汶大学成为当时欧洲人文主义研究的中心。他在1521年给友人的信中写道:“鲁汶气候温和,是研究学问的理想之所。没有学校能比得上此处学风之盛,教授数量之多,质量之高。”后又写道:“鲁汶气候适宜,小城宁静,无地能及,此为潜心学问之必需。此地学子对文学极有热情,颇有造诣者亦甚不少。”如今的鲁汶大学是欧洲研究型大学联盟的成员,且是该联盟的总部所在地,依然秉承着研究学问的传统,无负其校训“智慧之座”之美名;如今的鲁汶也依然继承着那份悠远的静谧和闲情——在研究所的讨论中,在咖啡屋的谈笑间,思维的火花,文化的碰撞,学问的乐趣,合作的快乐,一一尽现。

我也是到了比利时,到了鲁汶,才慢慢了解并爱上这个国家、这座城市和这所大学。在鲁汶期间,除了读万卷书之外,我还有行万里路的梦想,于是边走边看,边看边想,边想边写。我的足迹遍及比利时的大小城市,如布鲁塞尔、根特、安特卫普、布鲁日、伊普尔、列日、那慕尔、迪南、滑铁卢等,还曾远至西班牙的马德里和巴塞罗那、意大利的罗马和威尼斯、法国的巴黎和马赛、荷兰的阿姆斯特丹、匈牙利的布达佩斯,以及德国的柏林和慕尼黑等,这些都给我的“比利时光”增添了丰富的养分和无边的乐趣。而每次远行,我都那么想念鲁汶,这里是我出发的原点,也是我期盼回归的终点。

我爱鲁汶。千年古城、卵石深巷、红砖老房、堆垛山墙的风雅绝代使我醉,艾晗堡边古木参天、古堡森森、幽灵隐绰、钟声环绕使我静,图书馆中追本溯源、苦思冥想、偶有所得、形之于笔使我喜,圣诞市场热酒一杯、烤肠一根、螺汤一碗、疲惫渐消使我乐,市政厅边读书郎左手捧书、右手持罐的“智慧之泉”雕像使我悟。

研究所里长吁短叹的无解，孤灯夜雨幽馆枯坐的寂寥，语言不通方向莫辨的迷茫，铁路罢工行程中断的窘迫，在平时看来那种种不便与无望，然因其在鲁汶，这样的一切，于我都是可亲，于我都是可怀。

于是在鲁汶期间，我又重新捡起了小时的文字梦，一行行，一篇篇，写下来，想着多年后回过头来看当有会心一笑的喜悦之感。写作对于在鲁汶时的我是一种精神的慰藉。“比利时光”的文字曾在比利时华人论坛“鲁汶心情”上登载，也曾获得读者的好评，有些网友的评论我至今都还记得，并引以为励：

> 读了楼主的文字，对文字不能被现代科技（如图片、语音）取代的信心又有所增加。那份神韵留给读者的想象空间是无与伦比的。

> 好一个风雅的才子，江南才子与欧洲小城的碰撞，考据夹着遐思，火花伴着愁绪，怀古裹着吟今，善感透着性情。文字既悠情，也入世，谢谢你，曾带给我阅读的快感与美感。会记得，鲁汶小城曾空降过一名中国夫子，来过，爱过，晒过，叹过，吟过，生活过，矫情过，真好！

这些评价给了我信心，或许我的文字能够把一个遥远陌生的国度和大学带入国人的心中；或许我的所感所思会对两个民族之间的文化交流与教育合作有所裨益；当然，更重要的是，这本小书的出版，是对自己精神世界的一个交代，因为自打离开鲁汶的那一刻起，我就把心儿遗忘在了鲁汶。

目录
Contents

鲁汶的格调

The Style of Leuven

语言的风景

The Landscape of Languages

异乡的文化

Culture of the "Other"

欧游札记

The Sketches of Europe

杂拌儿

Leuven and All That

鲁汶的格调

The Style of Leuven

舒缓的历史

A Quiet Town, a Long History

2012年4月22日。早上8点出门去鲁汶大学国际办报到。路上总能看到三五成群的孩子背着书包去上学，他们走路的步子很舒缓，书包也不重，说着笑着幸福着。我下意识看看表，8点15分。鲁汶的孩子应该是9点才到学校的吧，家庭作业也不会多吧？

的确是9点才开始上班，国际办也是。我早到了15分钟，就在院子里逛了一下，不想有了个大发现。这里有个一层小房，名为“怀仁厅”，厅前居然是刻着龙纹的天象仪模型。原来是纪念300多年前来华的耶稣会士南怀仁(Ferdinand Verbiest，1623—1688)的。1988年，在南怀仁逝世300周年之际，中国政府向鲁汶大学赠送了这座天象仪模型。1640年，17岁的他推开鲁汶大学厚重的大门，走进了艺术学院。1658年，35岁的他推开紫禁城的城

PHOTO：鲁汶大学国际办“怀仁厅”前的天象仪模型，康熙帝曾借此“仰望星空”。

门，走进了康熙帝的世界。此后 30 年，他一直致力于传播西方的文明与科学，曾任清廷的钦天监，直至 1688 年终老于北京。历史画卷在怀仁厅前缓缓打开。传教士们对中西文化交流的贡献远远超出了我们当前的认知。我来之前，并不知道鲁汶早在 300 多年前就和中国有了交集。好奇之下，在谷歌里查询 KU Leuven sinology（鲁汶大学的汉学），不由大吃一惊，原来鲁汶的汉学系出类拔萃，成果丰富，著作多达数十种，甚至还有人专门研究信奉基督教的明朝官员杨廷筠。"杨廷筠是杭州人"，我每次给学生讲授"中国翻译史"的课程都要附带这一句，现在杭州中山北路的天主教堂就是当初杨廷筠捐地建造的。

鲁汶总是这么缓缓的，从不大声喧哗。孩子们舒缓的脚步、办公室厚重的大门，还有怀仁厅前的天象仪，仿佛都在默默呈现一种淡然安详的格调，这种格调不同于美国人历来的进取，也不同于中国当下的浮躁，它只属于这个有着千年历史的鲁汶小城。

垃圾的分类

Waste Sorting in Leuven

4月里的一个星期二，走在大街上，可以看到几乎每家门口都放着一个大大的垃圾袋，整齐划一的咖啡色。犹记得国内电视里经常播放的公益广告："垃圾分分对，厨房归一类。习惯成自然，一点也不累。"但很多时候，我们并没有做到。在比利时，垃圾分类是很严格的事，网上是这么说的：

> 鲁汶垃圾要分类，大体来说，生物垃圾（一切有机垃圾）扔绿色垃圾袋，可回收垃圾（塑料瓶、铁皮罐、易拉罐等）扔蓝色垃圾袋，废纸和其他不可回收垃圾则扔咖啡色垃圾袋。为了督促大家环保，咖啡色垃圾袋价格昂贵，其他几种垃圾袋则便宜得多。分类做得越好，咖啡色垃圾袋用得就越少，也就越省钱。咖啡色垃圾袋（周二

PHOTO：周二清晨，鲁汶街边整齐排列着等待回收的咖啡色垃圾袋。

收)和绿色垃圾袋(周五收)都是每周收一次,蓝色垃圾袋及废纸每两周收一次(周三收)。收垃圾的时间安排一般房东处都有,不同的城区可能时间不一。

怪不得,今天家家都把存了一周的垃圾拿出来了。如果这一周忘了,那就糟糕了,还得继续存一周。

的确如此。找好房子,交完定金后,宿舍管理员交代了几件事。其中一页纸上写得满满的,这是介绍垃圾分类,很长很详细。单就玻璃制品来说,玻璃瓶可以扔,但是从镜子和橱窗里拆下的平板玻璃不行、玻璃线不行、石头瓶不行、灯泡不行、瓷器不行、陶器不行、派热克斯玻璃不行、层合玻璃不行,扔个瓶子还得是化学家!扔瓶子声音不要太响,以免破坏周围的安宁环境。最后一点,扔瓶子的官方时间是早上 7 点到晚上 10 点间,其他时间不准扔。

我在等公交车的时候,看到车站旁有两个蒙古包模样的大塑料罐,一绿一白,比人还高,肩部有个大孔。我寻思着这东西的用处。等车的 10 分钟里,听到好几次哐当哐当的声音,原来是有人用布袋装着一堆瓶子来扔,先是拿出几个扔在绿罐里,后又拿出几个扔在白罐里。细想之下,她的确遵照了纸上写的每一条。唯一美中不足的是瓶子扔下去声音太大,破坏了我所处的安宁环境。

住在艾晗堡
Living in Arenberg

4 月 26 日是我住在 Arenberg 校园的第一天，Arenberg 的发音近似“艾晗堡”，故有此译。宿舍外就是草坪，穿过草坪，则是食堂，此地称 Alma。中午去吃了一顿，满满的一盘，鸡肉、薯条、蔬菜色拉，还有水果。坐在食堂二楼，放眼望去，都是大树和花草，还有远处隐隐约约的古老建筑，鲁汶大学工学院就在草木掩映中若隐若现。工学本该和现代、科技相连，但艾晗堡的格调是古老的、神秘的、怀旧的。如果把文学院放置在艾晗堡，那肯定会有更多的诗情画意上演。

这里靠近学校体育场，一到傍晚，沿途所见都是穿着运动裤在跑步的男男女女。各个场馆分布在树林中，林间小路铺以木屑，跑在上头，轻快又干净。晚间 8 时左右，我被哄闹声吸引，原来是附近一草坪上搭起座大帐篷，帐

PHOTO：建于 16 世纪初的艾晗堡的古堡，如今是鲁汶大学工学院的所在地，堪称人文与科技的联姻。

篷里有人在唱歌，帐篷内外，上百名年轻人手里拿着啤酒，笑着闹着喝着谈着。这就是青春的鲁汶，鲁汶的青春。

艾晗堡的中心是它的古堡，建于 16 世纪初。据介绍，该建筑是哥特、文艺复兴和新哥特风格的杂糅。17 世纪初，该古堡由艾晗堡家族继承过来，此后世代相传，直至 20 世纪。第一次世界大战前，艾晗堡第八代传人把古堡连同周围土地卖给了鲁汶大学，但直到 1921 年，鲁汶大学才将其收为已有。由于艾晗堡堡主有拱手相让的美意，所以该名称沿袭至今。古堡四周为绿地和大树环绕，据说，历史上第一个热气球升空实验就是 1783 年 9 月 21 日在艾晗堡古堡前的绿地上进行的。

古堡依水而建，前有小河一缕，名曰代勒，宛若护城河，上有古桥，桥边有树，枝繁花盛，草地上落英缤纷。昨日晚来天雨，独自撑伞，徘徊堡前，见皮划艇手数人，在河中荡漾。今晚 8 时许，复至古堡前，左右无人，悄无声息，华灯初上，忽明忽暗。古堡钟声，宛如天籁，群鸟惊起，顿觉暗影绰绰，神秘之感油然而生，颇有当年置身吴哥神庙中之同感。直觉眼前幽灵环绕，心头百千烦恼顿消，心结顿解，欲念顿减。他日若能脱胎换骨，塑一新我，必是徜徉古堡，晨昏相对，享神灵启迪之效也。

鲁汶市政厅

City Hall of Leuven

一个城市总有自己的地标，地标就像城市的心脏。北京的心脏是天安门，杭州的可能是武林广场，鲁汶的心脏毫无疑问是其市政厅。

整个鲁汶小镇的形状有点像一个椭圆，处于该椭圆中心的正是市政厅，整个城市的道路宛如人的血管，向四方散开，最后百川归海，到市政厅这个心脏来集中汇合。每个到鲁汶的人，没有不对市政厅赞不绝口的。它始建于1439年，竣工于1463年，属布拉班特后期哥特式风格，堪称世界上最为华丽的市政厅。从我的住所向外望去，城市最高的塔尖，一是市政厅，一是圣彼得教堂，一是鲁汶大学图书馆，分别代表了城市的政治、宗教和文化。天下三分，由此可知。

市政厅的对面即是圣彼得教堂，中间夹有一小广场。我每次走过市政厅

PHOTO：鲁汶市政厅和圣彼得教堂对视六百年，相看两不厌。

都会想，这外墙上刻着的236个人物到底有什么故事？常有一群群中小学生穿行其间，手上拿着几页纸，老师则在边上仔细讲解，用的是荷兰语，我一个字都听不懂，也就无从了解它的历史。所能体会到的就是市政厅的历史和这所学校的历史一样长，已经过去近600年了，其间历经了诸多风雨，而依然屹立于天地间。

在鲁汶注册过后，就成为鲁汶市民，不久就会收到信件一封，邀请去参观市政厅。我是在8月里的一个傍晚推开了它的大门的。市政厅三楼有一会议厅，曰"哥特厅(Gothic Hall)"，可坐百人，桌上有表决器。大厅内悬挂油画11幅，表现的多为比利时革命事件。有一幅画的则是大学故事，一位老师在讲台上，底下学生匆匆而来，弯腰向老师问好。由此可见，鲁汶城和鲁汶大学从来就是一个硬币的两面。记得读过描写鲁汶的一本书，书名叫作《鲁汶：城市与大学》(*Leuven：Town and Gown*)。gown指的是学院中人穿的学袍，常用来指代大学，有趣的是，它和town(城镇)一词还押韵。对于一个大学城而言，大学和城镇之间时而和谐并存，时而激烈冲突，无论是英国的剑桥、德国的海德堡，还是比国的鲁汶，皆是如此。

答辩与狂欢

Doctoral Defence and Carnival

朋友叫我去听听博士论文答辩，我正想看看此间论文答辩的流程，于是欣然前往。

答辩在学校主楼的会议厅，气氛肃穆。陆续有人来，有黄发老者，有束发少年，甚至还有坐轮椅者，想必皆为亲朋好友。博士论文答辩对于学生而言，为至关重要之大事，至此学生生涯便将告终，踏入工作者行列。听者50余众，我也挑后排坐下。突然间，人群肃静，纷纷起立，只见六长者鱼贯而入，峨冠博带，神情庄重。他们进场后径直走向主席台，其中一人坐中间，任主席，其余五人分列两旁坐下，原来是答辩委员会。这情形，颇像法庭审判。

毕业者为一比国女生，用荷兰语陈述20分钟，虽为博士论文，但汇报声情并茂，偶尔还有动画《猫和老鼠》的片段穿插其间。听众中有微笑者，有

PHOTO：鲁汶狂欢节彩车上的“红羽女郎”。

窃笑者;我等不懂荷兰语者,则随之傻笑。之后到了答辩环节,第一人为其导师,基本是祝贺语,最后问了一个问题,然又言并非真问题,真问题在其后。果不其然,第二位发言者来自外校,所说英语极其迅速,我等只能捕捉数词而已,问题接连不断,大约问了半个小时,从粗到细,最后细至某页某行。第三位为一老者,须发花白,说话两字间必夹一“啊”字,颇像官员发言,其问题不多,然啊啊不断,不免令人生厌。主席坐当中,则不言不语,大概是跑龙套的,只执行程序而已。3 人问完,再是另两位先生,皆来自鲁汶。5 人所问悉数用英语,且预先准备,手执稿纸,一字一句读完;答辩足足两小时,令人煎熬。陈述完毕,答辩委员退席,商议一刻,我等在会场静候。之后委员进场,我等又起立,主席宣布,亦为荷兰语,复又傻站。读到某词时,突然有人高叫,接着众人鼓掌,方知其论文已通过,博士学位已获得。女生上台致谢,之后和各位答辩老师握手、贴面 3 次。之后众人退至另一大厅,早有啤酒点心安排,曰招待晚宴(reception),众人站立(无凳可坐),手执酒杯,向其祝贺。

答辩出来,至市政厅前,人声鼎沸,摩肩接踵,原来今日为小镇狂欢节。街道上有彩车驶过,将糖果等物分撒两旁围观者,彩车上男女唱歌跳舞,敲锣打鼓,也有人戴兽头、披兽皮,装扮成图腾物。游行队伍从布鲁塞尔大街一直延伸至车站,三四里路,横贯小城。我顾着拍照,只捡得糖果 3 颗、薯片 1 条、餐纸 1 包。有人提袋而来,钵满盆满,带断袋破,路边小童人人手中都有玩具若干,小熊小狗,皆为彩车过后之战利品。

看着满城沸腾的人群，想着此刻答辩女生的快乐，体味着鲁汶的快乐，我呆呆地坐在布鲁塞尔大街边，等着回家的 7 路车。一位老大娘走过，拍拍我的肩说："小伙子，等啥呢？今天没有公交车的。"她是用荷兰语说的，不过这回我明白了。我回味着鲁汶人的热心，拿着 3 颗糖、1 条薯片和 1 包餐纸，缓缓地向家走去。

二手市场 SPIT

SPIT: The Second-hand Market

初来鲁汶，大多会光顾 SPIT，它是此间著名的二手市场。生活用品可以来这里淘，比如厨房用具、书籍、玩具、家具、电器、衣服等。淘货的不仅有学生，也有当地的居民。我现在用的锅碗瓢盆，都是从那边淘来的。两个饭碗背后写着中国醴陵，估计是哪个湖南人用过的；两个盘子背后写着“made in GDR”，居然是东德制造，想来还在柏林墙推倒之前，也有点年头了。一手二手无所谓了，按照波斯诗人海亚姆的观点，我们现在喝的酒杯，就来自千百年前的美人香唇。人体腐烂了，变成泥土，然后又制成了陶器。《鲁拜集》里有一句诗掷地有声：“Who is the Potter, pray, and who the Pot?”是啊，陶人不就是陶器，陶器不就是陶人么？

自己写着也要皱眉头了，其实就是图个便宜。为什么 SPIT 的东西这么

PHOTO：红砖裸露是鲁汶建筑统一特色，SPIT 也不例外。

实惠呢？网上有人抱怨说："旧家具、旧锅、旧碗等，如果自己送到SPIT去的话，就不用给它钱；如果你要他们的人过来搬，那还得给他们运费。当然，用旧东西从他们那里换钱是不可能的了。"原来如此。SPIT是免费收东西的，汉语说"收购"，但SPIT是只"收"不"购"。当然其理念也并不是赚钱，其收入主要用于回报社会。该公司声称的社会责任有三：一是二手物品的再循环；二是提供就业；三是提供低价物品给需要的人。像我这样初来乍到的人，其实还是挺感激SPIT的。

在鲁汶，中国人想要买二手货，有时也可以上"鲁汶心情"论坛，这是在比华人办的一个网络论坛。我想买水壶和台灯，就在论坛上发了帖，很快就有人回复了。交易地点在市政厅广场。周五下午，所有的人都在路边的酒吧里坐着喝咖啡。欧洲人的悠闲！独我一人穿得土土的，跑得满头大汗，站在教堂边银杏树下等着水壶。快到点了，果然有个中国女孩向我走过来，手里拿着把水壶。我接过壶，又满头大汗地走过那些喝咖啡的悠闲人群，乐呵呵地回家了。这一回，我把整个世界都留在了身后。

中央图书馆
Central Library of KU Leuven

鲁汶大学的每个学院都有自己的图书馆。但大学还有一个中央图书馆(central library),是每一个鲁汶学子心目中的神圣殿堂。

图书馆前的广场名叫 Ladeuzeplein,中国学生习惯把它音译为“拉肚子广场”。鲁汶地方不大,这个广场却不小,且有“多功能”之用。周五一早,便有车子从四面八方开来,小贩从车上搬下各种器具,帐篷一搭,“拉肚子广场”俨然成了“拉肚子市场”。衣服、日用品、冰淇淋、巧克力,还有各种熟食,应有尽有。到傍晚,车子消失得无影无踪,垃圾也清理干净,像是飓风一样,来得快,去得也快。周末也常有各种各样的市民活动,夏季沙滩排球,冬季打雪仗,我都曾见过。

进得馆来,复有一小门。小门外有一排排小箱,可存放东西,还有类似超

PHOTO:鲁汶大学中央图书馆内,装饰典雅,金碧辉煌,令人顿生对知识的敬畏之心。

市里的塑料篮筐，可携篮提书。一楼常是各种展览；二楼有中心阅览室，此处陈列的多是精装书，整个大厅四壁皆书，气势恢宏。书架呈金黄色，颇有王者风范。屋里还有层层楼梯，可以上得三楼，可谓室内有楼。放眼看去，层层叠叠，让人顿生学海无涯之叹。

出阅览室，再上三楼，中间一小厅，上书“东方图书馆”。此处藏有中文、日文、韩文书籍 6 万余种。进得厅去，先是一阅览室，有期刊百余种。我在国内未曾得见的英文刊物如《中国语言学报》《当代台湾文学英译》《翻译译丛》等，此处皆有。阅览室后有一小门，通一阁楼，通道内又置有几个小架，上有鲁汶大学东亚系的博士论文，我看了一下，题目涉及康熙、孙中山、胡适等近百种，由荷兰语写就，唯题目尚可辨认。转至楼上，进门处贴一英文告示：“没有找到你想要的书么？由于空间有限，我们大批藏书未能上架，若有需要，敬请联系工作人员，我们将竭诚为您服务。”语气诚恳，令人生敬。阁楼上书籍繁多，光语言文学领域，便有不少书籍，如《金瓶梅》便有译本 2 种。除了书籍，还有报纸若干，30 年来的《人民日报》和英文版的《中国日报》分年理得整齐有序。另外还发现一台百年前商务印书馆的“华文打字机”，作为文物默默摆在桌上。东方馆的管理人员非常和蔼，微笑地问我需要什么书，汉语之标准，让人感觉他是中国人。阅览室有一本书放在桌上，未插入架，我凑近去看，内夹一纸说“这本书我常要查阅，请别放回架上”，这就是它长期留在桌上的原因。一个小国，细致入微地收集和保存着一个远方国家的“只言片语”，并提供贴心的服务，那份温情，不能不令人感动，让我这个异乡人感到仿佛身在祖国的一团暖意。

老鲁汶和新鲁汶

Universities of Leuven: Old and New

晚上喝点粥，想着该炒点什么菜呢。看着眼前浸在水里的木耳，打开冰箱则有鸡蛋，想起以前在大连上学时吃的一道菜，叫作“木须肉”，就是鸡蛋、木耳，加点肉丝。今晚我就炒个木须肉吧。

我以前一直没弄明白木须肉这个菜名的含义。一番搜索过后才明白，“木须”本写作“木樨”。木樨是桂花，这道菜取名着眼的是桂花的颜色，炒鸡蛋颜色嫩黄，和桂花相似，所以叫“木樨”。按音变规律，[xi]受前面“木”音的影响而变成了[xu]音，如此一来，“木樨”也就被写成了“木须”，而鸡蛋、木耳炒肉也就变成了“木须肉”。

在大连的日子里，我还学会一个词，叫“绞头”，是理发的意思，我们家乡叫“剃头”或“剪头发”。我后来回到杭州，有时还说“绞头去”，听得周围的人

PHOTO：艾晗堡里的水车，吱吱呀呀诉说着鲁汶的历史。

一愣一愣。其实，无论是“剪头”还是“绞头”，都是“剪头发”和“绞头发”的省略。但很不幸的是，“剪头”一般没啥歧义，但“绞头”在我们听来就不太美妙了，让人想起《绞刑架下的报告》。此刻在鲁汶，据说“绞个头”也要 20 欧元，想想还是等过一阵，镜子中的人实在看不下去了，再去“绞”吧。

研究语言实在是件趣事，不仅有趣，而且神圣。要知道，鲁汶大学现有两所，一所是我访问的老鲁汶，另一所则是 1968 年才建立的新鲁汶，两处相距约 30 公里。比利时主要拥有两个民族，北部弗拉芒人讲弗拉芒语(荷兰语的一种变体)，南部瓦隆人讲法语。而在教育中使用何种语言的矛盾，19 世纪时便已非常尖锐。到了 20 世纪 30 年代，鲁汶大学几乎所有的课程都实行了双语制教学。然而，随着弗拉芒地区经济的发展以及弗拉芒人自主意识的增强，他们对本地区大学的法语授课越来越不能容忍(鲁汶属于弗拉芒区)。1963 年 5 月，2000 名弗拉芒学生向讲法语的院系举行示威，投掷爆炸物，打破门窗，而部分法语师生员工为此罢课两天。1966 年 5 月，鲁汶大学又爆发了弗拉芒学生罢课的事件，要求讲法语的师生离开鲁汶。主教们认为鲁汶大学必须保持完整统一，但之后发生的示威活动迫使比利时红衣主教苏埃嫩斯不得不离开自己的梅赫伦大教堂。1968 年，鲁汶大学宣布要给讲法语的院系添造房屋，事端再起。首相范登・博埃南依旧不允许鲁汶大学分裂，结果政府中 8 位弗拉芒大臣离职，博埃南无力扭转局面，只好辞职。大选之后，新政府终于决定：鲁汶大学一分为二，讲弗拉芒语的院系留在鲁汶城不动，讲法语的院系全部迁出鲁汶。迁出的鲁汶大学称为“法语鲁汶天主教大学”(法语为“Université Catholique de Louvain”，简称 UCL)，习惯上也称为“新鲁汶大学”。而在老地方的鲁汶大学则要加上原本不需要的修饰语，成为“老鲁汶”或者“荷语鲁汶天主教大学”(荷兰语为“Katholieke Universiteit Leuven”，简称 KU Leuven)。

你看，因为语言的问题，竟然引发了主教辞职、首相下台的重大事件，所以可别小看了“木须肉”和“绞头”！

先有大学后有城

Town and Gown

TOWN & GOWN

据维基百科介绍，“鲁汶”一词最早见于文献记载是在公元 891 年。在中国，那是五代十国时期，战乱不已。千里之遥的鲁汶也同样经历着血的洗礼。北欧海盗在鲁汶之战中被打得大败，据说当时代勒河里一半是河水，一半是鲜血，可见战争之惨烈。此后的几个世纪，鲁汶一直以布料产地闻名，那个时期有一种亚麻布，名为 lewyn，即以产地鲁汶命名，如同瓷器和中国的关系一样。可见当时的鲁汶，是“唧唧复唧唧，比人当户织”的场景。

15 世纪，鲁汶迎来了其黄金时代——1425 年，鲁汶大学，低地国家迄今为止最大最古老的学校建立了。可以说，从这时起，鲁汶终于开始有点文化底蕴，再也不是培养布商的地方了，织布声变成了读书声。布市也乐于退让，随后连布料交易所也拱手送给学校做了第一幢建筑。看一下鲁汶地图，整个

PHOTO：中世纪的大学城，城市和大学之间有剪不断，理还乱的关系，剑桥、鲁汶和海德堡皆如此。

城市的主要建筑,不是用作学校办公楼,就是用作学生宿舍,特别是市政厅周围的中心地带,都被大学圈进了。鲁汶的老百姓可真够慷慨!

再说人口,鲁汶人口近10万,学生大约4万。五成本科生,三成硕士生,二成博士生。来自别国的学生近15%,6000人左右,其中3000人来自欧盟以外的国家,中国学生约有600人,真是名副其实的国际大学。这就难怪,整个城市似乎就是为学生服务的。如果坐公交车,学生免票;租房的话,私人住房优先租给学生;超市分布在学生住宿区周围;银行、保险公司见到学生都笑脸相迎。鲁汶的学生可真是幸福啊!

想起学校介绍里的一句话了:"小城和大学,你中有我,我中有你,难分彼此,除鲁汶外,哪里还有?(Where else can you find a university within a town, and indeed a 'town' within a university, so dynamically integrated?)"是啊,去哪里找这样的大学呢?想起那首歌了——《到哪里找那么好的人》,我得换几个词:到哪里找这么幸福的学生呢?

艾晗堡的味道

The Flavor of Arenberg

艾晗堡的周日是静谧的。平日里它是灵动的，生龙活虎的。从清晨到傍晚，骑着单车的学生络绎不绝，风驰电掣般来来往往。到了晚上七八点钟，操场上非常热闹，几个足球场同时开踢。也有举办各种活动的，敲锣打鼓、唱歌跳舞、生柴烤肉、啤酒畅饮，都在草地上铺开了。

然而一到周日，这几千人不知一下子跑哪里去了，树林里草地上非常静谧。足球场变成了水鸟的天堂，鸭子昂首挺胸地走来走去，像是主人在巡查自己的领地。艾晗堡里有很多水鸟：有一群肥大的鹅，似乎永远都栖息在堡前的水塘里；最常见的是绿头鸭，占据了水塘和小溪；另有一种水鸭，两眼靠得特别近，一脸凶相，脸像是被挤了一样，貌似蛇头，令人胆寒，这些鸭常徘徊在食堂前的草地上；有一种水鸟羽毛漆黑，两腿纤细，然身体肥大，走在草地

PHOTO：艾晗堡的水塘，水鸟的天堂。

上如贵妃走路，挺胸凸肚，我常担心其脚力不够，不堪重负；另有一种红头水鸟，身材姣好，飞起来轻快灵动。周日人少，整个艾晗堡就成了鸟的天堂。

艾晗堡的草地上都是百年大树。有时树下会有一两对情侣，在草坪上席地而卧，在树荫下呢喃私语，自是人间仙境。想起《鲁拜集》里的名诗了："一箪疏食一壶浆，一卷诗书树下凉；卿为阿侬歌瀚海，茫茫瀚海即天堂。"（黄克孙译）艾晗堡可不是瀚海，它本就是天堂！在这静谧时分，似乎不宜唱歌，然而满山春色，小鸟啾啾，水鸟嘎嘎，小河潺潺，边上的人，或甜言蜜语，或窃窃私语，岂非天籁？

艾晗堡百走不厌，特别是在宁静的周日，整个世界都像是我一个人的。对了，除了眼睛和耳朵，在艾晗堡漫步，你还得有个好鼻子。古树的香味和着代勒河的气息，那种恬静的气味难以描述。我常常想，艾晗堡的景可以保存在照相机里，艾晗堡的声音可以保存在录音笔里，可是艾晗堡的香该保存在哪里呢？声光色香组合起来的那种艾晗堡的味又该保存在哪里呢？我离开鲁汶之后的漫长岁月里都会品咂不已的，一定是艾晗堡的味。

鲁汶的雨
Rain in Leuven

刚到欧洲，少女急于等待一个晴朗的日子。

“可是，在鲁汶，夏天就是这样的。”他们说。

阴天，毛毛雨，穿一件毛衣，撑一把伞。运气好，会有一两个晴天，运气不好，会下上一个暑假的雨。湿淋淋的人行道上的落叶由青转黄，然后：

“夏天已经过去了！”他们说。

这是席慕蓉的散文《四季》的开头。据说，席慕蓉和她的先生刘海北相识于鲁汶大学中国学生中心，当时席慕蓉在布鲁塞尔学油画，而刘海北在鲁汶学物理。两地相距不远，20 分钟的火车车程。席慕蓉当年想必也穿梭于两

PHOTO：鲁汶雨中的圣诞市场，图左的两个酒桶里卖的是热葡萄酒，红红的灯光给冷雨夜增添了暖意。

城间，坐过那种常误点、慢悠悠，却又通往幸福的小火车。

鲁汶的雨是颇有名的。中国人初来鲁汶，肯定对鲁汶的雨很有印象。常常是晴空万里的时候，突然来了一片乌云，然后迅雷不及掩耳，就开始砸起雨点来。奇怪的是，周围的人都不避雨——鲁汶的房子似乎没有屋檐。还好，这雨从来就下不久，三五分钟就停了。然后过一阵又会来那么一下。来到鲁汶，我的书包里习惯性地多了一样物件：雨伞。我想，鲁汶的天气预报员每天得面临多少选择的痛苦呢？天晴？不是，有阵雨。下雨么？也不持久。

比国人似乎已习惯了鲁汶的雨。他们不怕淋雨，骑着车的在雨里依然往前冲，走路的更是慢慢悠悠。此间的人所穿的外衣很多都连有帽子，甚至线衣也有连体帽。下雨时把帽子往上一翻，把头给遮住了，只要头没淋雨，仿佛下雨就没啥关系了。我常常遗憾，当年中国的茶、丝绸、瓷器，甚至橘子，都传到西方来了，为何斗笠没传过来？按照比国人对雨天的态度，斗笠在这里肯定会发扬光大，折叠的、晴雨两用的，没准还会翻出不少新花样来呢！

来过鲁汶的人，似乎都记住了鲁汶的雨，刘海粟便画有一幅油画，叫作《雨后鲁汶大寺》。有人在网上这么写道："鲁汶的雨是我见过的最有个性的雨，想怎么来就怎么来。"天气预报上见得最多的词汇是 shower（阵雨）。心情好的时候，下一阵子，地还没湿，又害羞地跑了；心情不好的时候，乌天黑地，哗哗地浇路人们一个"落汤鸡"。

一下雨，鲁汶就很冷。如同余光中的散文《听听那冷雨》，用"冷雨"一词来形容鲁汶的雨，再恰当不过了。而那冷雨，席慕蓉一听就听了好几个"四季"！

海弗莱的小教堂

The Oldest Chapel in Heverlee

黄昏时分，漫步在艾晗堡，夕阳余晖，层林尽染。穿过古堡，见大树林里有一小山坡隆起，有台阶指向一栋建筑。

拾级而上，就来到小建筑旁。原来是一个简单的小教堂，墙上爬满藤条，并刻有一些荷文，共三行。第一行写着 Sint-lambertus Kapel，应是该教堂名，第二行为 11E-13E EEUW. Romaanse Stijl，最下行写着 oudste kerk van Heverlee。回来在荷英词典中查证，Kapel 即英语的 chapel（小教堂）。比利时为天主教国家，故此地教堂多种多样。chapel 是规模较小的教堂，多隶属于某个大机构，例如学校、医院、皇宫、监狱等，或是在大教堂内。church 是一般教堂的通称，cathedral 所指的教堂都规模宏大。cathedral 一词是由拉丁词 cathedra 衍生而来，后者意为“座位”，cathedral 特指设有主教座位的教

PHOTO：海弗莱最古老的小教堂，和艾晗堡遥遥相望，是鲁汶历史最悠久的建筑之一。

堂,也是教区的中心,所以这些教堂多为宏伟的大型建筑。前几天去布鲁日就见到一座教堂,叫作"圣救主主教座堂(St. Salvator Cathedral)",直上云霄,气势恢宏。

再说眼前这个小教堂,Sint-lambertus 指的应是公元 7 世纪马斯特里赫特的主教圣兰伯特,故该教堂名为"圣兰伯特教堂"。第二行是说它建于 11 至 13 世纪,为"罗马风格建筑"。最底下一行,oudste kerk van Heverlee: oud 即英语中的 old;-ste 表示荷兰语形容词的最高级,相当于英语的-est;kerk 是"教堂"的意思;van 是介词,表示"在"。因此整行应该是"海弗莱最古老的教堂"之意,海弗莱现为鲁汶城的西南部郊区。

我静静离开,回首再看,夕阳余晖默默地倾泻在教堂石柱上。我们的存在于它只不过是一瞬,只有这夕阳和藤条于它方是永恒。

附记:查证资料,方知该教堂由比利时史上重要的建筑师、规划师与古建筑保护专家 Raymond Lemaire 修复,他也是古迹保存的经典文件《威尼斯宪章》(*Charter of Venice*)的起草人。《威尼斯宪章》制定于 1964 年,是国际古迹保存的纲领,至今仍是古迹保存最重要的国际文件。Lemaire 本人则在鲁汶执行了两个标志性古迹保存案,是实践《威尼斯宪章》最早的具体案例,以此建立典范。其中之一就是圣兰伯特教堂。网上有介绍如下:

1964 年,发表《威尼斯宪章》的同时,Raymond Lemaire 在鲁汶大学内修复了该教堂。它原本是个仿罗马式教堂,经过整修变成一个现代教堂(现在常常出租办婚礼)，拥有现代教堂表现神性的天窗采光手法，也有现代设施，如地面暖气以及灯具等，这些只在教堂室内而未影响其外观；这间教堂的屋顶损毁了，Lemaire不重建旧屋顶，反而用混凝土盖起新的屋顶，屋顶造型也表现混凝土特质而与仿罗马的木造屋顶完全不同，展现20世纪的建筑特色。这体现了《威尼斯宪章》的精神：不做臆测的修复，不重建失去的旧建筑，而以具有当代特色的手法增建，让新的构造使古迹变得完整，适应现代功能。

行在鲁汶

Transportation in Leuven

鲁汶的确是个小镇，以市中心为圆心，以 2 公里为半径画圆，差不多就把城区覆盖了。如果想细细品味城市，不妨用脚丈量每一寸土地。我去办公室一般都坐公交车。鲁汶的公交车设计合理，可以带着你穿梭于大街小巷，前往城市的各个角落。有意思的是，这里的公交站牌上有一个时刻表，就像火车时刻表一样，注明每趟车的到达时间。

这一切都基于这里的道路畅通。每天从研究所到家走路需几分钟，坐车需几分钟，可以算得清清楚楚，生活可以跟艾晗堡的钟声一样准确。鲁汶的街道很窄，一般是双向两车道，马路边也划有停车位。司机礼让做得出奇的好。市区里基本听不到鸣笛声，不过并不是禁止。昨天坐公交车，司机按了一下喇叭，之后我看见坐在街边酒吧里的两人朝他挥手——原来

PHOTO：艾晗堡前骑行的母女俩，在骑行中灌输独立和自强意识，是比利时学前教育的一部分。

是碰上老朋友了！

来了一个月了，每天都坐车，但还从没见过交通事故。司机礼让已成习惯，让车还在其次，主要是让人。此地的车都开得飞快，但是每次碰到有行人在路边要横穿马路的时候，不管是否有人行横道，都会停下来等人走过再开。我试过多次，远远地看着车子飞驰而来，就走得慢一点，想等车子走了再过去，但对方毫无例外会在你跟前停下，让你先过。有一次是我在路边，有一辆车转弯过来打我前头飞驰而过，我下意识地后退两步，开车的老先生在过去的一刹那，连忙打手势示意抱歉。另一种礼让就是，每次乘客下车后，公交车都会停在站台边，等着行人从车头前穿过，确认没人了才开走。鲁汶的和谐从司机那声温暖的“早上好”和他们脸上洋溢的幸福中也能体会到。

跟公交车相比，最方便的交通工具还是自行车。师生可以租自行车，城里好多小巷里都停着印有“鲁汶大学”字样的自行车，只要见到这些自行车就知道这里是教工或学生居住地。在鲁汶骑车很是方便，因为有专门的红颜色自行车道。此处的自行车自有其特点：一是车前头一般无车筐；二是车头前还有一盏小灯，便于黑夜骑车，黑夜里若不开灯，骑车人会被罚款；三是车后书包架两侧一般挂有帆布包便于装东西，宛如驴驮东西一般，因此无法骑车带人。骑车族和开车族一样，以速度见长。此间的小孩骑车年龄是异常的早，五六岁的孩子独立骑车在此间司空见惯，经过你身边的时候，往往还要秀一下，就是屁股离开坐凳，飞蹬几脚，然后扬长而去。西方人独立性较强，恐怕跟这骑车的教育也不无关系。

鲁汶国际论坛

Leuven International Forum

接到国际办发来的邮件，说是6月1日有个“鲁汶国际论坛（Leuven International Forum）”，邀请我去参加。我不知是什么活动，但抱着参与的态度欣然前往。

到了学校主楼，方见活动场面盛大，打听之下才知是学校授予名誉博士学位的仪式。仪式开始时，突然有长号吹响，原来是欢迎号角。之后嘉宾悉数入座，皆戴博士帽。校长马克，白发飘飘，清瘦冷峻，宛如《七剑下天山》中的傅青主。7位荣誉博士果然声名显赫，有欧洲理事会成员主席赫尔曼·范龙佩（Herman van Rompuy），他是鲁汶大学的校友。还有国际奥委会主席雅克·罗格（Jacques Rogge）、联合国人权事务高级专员纳维·皮莱（Navi Pillay）、欧洲研究委员会主席海尔格·诺沃特尼（Helga Nowotny）、麻省理工学院教授詹姆

PHOTO：“鲁汶国际论坛”中的名誉博士授予仪式，图中握手者，左为麻省理工学院的Utterback教授，右为时任鲁汶大学校长的Mark Waer教授。

斯·瓦特巴克(James Utterback)、德国音乐指挥家克里斯蒂安·蒂勒曼(Christian Thielemann)和酿酒大师奥贝尔·德维兰(Aubert de Villaine)。颁奖流程是先播放一段录像短片,呈现其成绩;然后由主席宣读颁奖理由,历数其贡献;之后大家起立,长号又吹响;最后马克上台给他们颁奖,宾主双方手持奖状,上面文字亦不少,马克要念1分钟,将一白色长缎挂于其左肩,握手之后,仪式才算完成。整个过程气氛隆重,令人肃然起敬。

晚上7点有论坛音乐会。乐团是法国的Le Concert Olympique,指挥为Jan Caeyers,是鲁汶大学音乐系的教授。演奏的是海顿《第88交响曲》、莫扎特的《小提琴协奏曲》和《A大调单簧管协奏曲》。现代人演奏着古老的音乐,我这个门外汉在教堂里静静地听,别人鼓掌就跟着鼓掌。四周静悄悄的,没人说话,连咳嗽声也没有。结束的时候,只见指挥将手中的棒指向天空,然后大家不停地鼓掌,长达5分钟。

想起恺撒离开英格兰时的那句话了——I came, I saw, I conquered(我来,我见,我征服)。我来鲁汶,谈不上征服什么,但是希望走的时候,能够豪迈地说:I came, I saw, I experienced(我来,我见,我体验)。

两个 UCL，两个鲁汶大学

University Confusion

今年恰逢语料库语言学的国际年会在鲁汶大学召开，会议期间，经常看到有人背着一个印着 UCL 的袋子晃来晃去，我想哪有这么多“伦敦大学学院（University College London，即 UCL）”的学者。后来仔细看了一下，原来是 Université Catholique de Louvain（简写也为 UCL），此 UCL 非英伦的 UCL。

Université Catholique de Louvain 是“法语天主教鲁汶大学”。1968 年，由于比利时的种族和语言冲突，导致一夜之间上千名鲁汶大学法语院系的教师和学生匆匆南下，离开鲁汶这个荷兰语区，来到他们熟悉的法语区。虽说那里语言是熟悉的，但他们的落脚点则是离鲁汶 30 公里开外一片没有人烟的不毛之地。师生安营扎寨，成了该小镇的第一批原住民，小镇的名字也由此而来：louvain-la-Neuve。那里更是一座名副其实的大学城，三五万人口，

PHOTO：比国两名校，本是同根生。

一切都围绕着学校展开。旧大学的建筑则归于鲁汶大学的荷兰语部分院系，即如今的 KU Leuven。

Leuven 和 Louvain 两个词貌似不同，但其实所指都是老鲁汶城，只不过前者是荷兰语，重音在前；后者是法语，重音在后。引入拼音文字语言也不麻烦，不妨照抄。但若翻译成中文，字面上看都是“天主教鲁汶大学”，缩写都是“鲁汶大学”，只能以“荷兰语/法语鲁汶”或是“老/新鲁汶”以示区别。试想，如果两个大学的校长一起出现在中国教育论坛的话，简单称之为“鲁汶大学校长”，则难免引起混淆。

关于这个，YouTube 上还有一段视频呢！题目就是“鲁汶的大学困惑(University Confusion：Leuven？Louvain？Louvain-la-Neuve？)”，说的是留学生刚来比利时不久，因不知两所鲁汶大学的渊源而引发的困惑。两所大学虽然很近，但分属不同的省，相安无事。每年还有一场大学生骑行活动，穿行于这两所姊妹大学之间，从老鲁汶到新鲁汶，再回到老鲁汶，画成一个圆。

伊拉斯谟图书馆

Erasmushuis: The Library of the Faculty of Arts

鲁汶大学除中央图书馆外，每个学院都有各自的图书馆。文学院图书馆称为 Erasmushuis，荷兰语的 huis 即英语的 house，是“馆”的意思，而前头的 Erasmus，即伊拉斯谟，则大有来头，他是 16 世纪欧洲著名的哲学家、神学家和人文主义学者，被誉为“16 世纪的伏尔泰”，其著作有《愚人颂》和《论自由意志》等，还曾和马丁·路德通信，探讨宗教改革问题。他于 1517 年从剑桥大学转至鲁汶大学，主持成立了“三语学院”，推广希伯来语、希腊语和拉丁语三种语言，声望如日中天。“三语学院”就是文学院的源头活水，所以文学院图书馆以伊拉斯谟来命名。

文学院的大楼有 8 层，这里和英国叫法一样，1 楼称作“底层(ground floor)”，2 楼才是“1 层(first floor)”。每层对应一个系，每层都有相应的图书

PHOTO：鲁汶大学文学院图书馆名为“伊拉斯谟图书馆”，为的是纪念当年大师在此创办的“三语学院”。

馆。3楼为语言学系，对应着语言学系图书馆。语言学系图书馆里藏书丰富，达数十书架，此外还有数十种语言学期刊。这里还藏有历年的博士和硕士毕业论文，所以有时在同一个人名下，你可以发现两本并排同名的书，一本是其博士论文书稿，另一本则是已经出版的著作。有些贵重的书，则贴以红色小圈，说明只准阅览，不许外借。图书馆内不准带包、带水、带食物，包得寄存在底楼入口处。底楼有小柜，上有小锁。我初次使用，全然不会。问之周围，一男生甚热情，从袋中掏出一欧元硬币，往柜子内锁眼边一塞，然后锁上，钥匙便可取出。我感谢之后，也依样而为。等你打开柜门时，此硬币仍静静地躺在里头，故可取回。不知为何要如此设计，或许是怕有人拿了钥匙而走，以至于后来的人无法开启，留此欧元提醒你，有钱在此，钥匙留下。

本文开头说到的伊拉斯谟，如今仍鼎鼎大名。原因之一就是，自1987年以来，欧共体在欧洲大学中推行一个“伊拉斯谟计划”，广为人知。该项目豪迈地宣称：“要让欧洲成为世界各地的学生、教师和研究人员最追崇的目的地。”目前有33个欧洲国家4000多所大学参与该计划，每年有20万名学生受惠于此，领取奖学金前往外国留学或实习；除了学生以外，该计划也赞助大学教师及职员出国教学或访问，同时协助大学进行交流合作。而ERASMUS既是这位人文主义大师的名字，也与该计划名字The European Community Action Scheme for the Mobility of University Students的首字母缩略语基本相同。伊拉斯谟生于荷兰鹿特丹，求学于巴黎大学和都灵大学，曾任教于剑桥大学、鲁汶大学和瑞士巴塞尔大学等，真是一位名副其实的“欧洲人”！

人生苦短咖啡长

Life Is Too Short, Coffee Is Too Long

来鲁汶之后，习惯了午饭过后和同事出去喝杯咖啡。在国内时，我不常喝咖啡。我从小睡眠不好，体会不到睡懒觉的快乐，便经常以简·奥斯丁的那句话来安慰自己："世上一半人总无法体会另一半人的快乐(One half of the world cannot understand the pleasures of the other)。"当然，睡懒觉的人也体会不到不睡懒觉者的快乐。

但是来到此间之后，所谓 when in Rome, do as the Romans do，入乡随俗，别无选择，也去喝一杯吧。这里的咖啡吧多如牛毛，市中心有个叫"老市场"的地方，是咖啡一条街，据说是世界上最长的咖啡街。跟着同事喝过五六家店了，有一家叫作 Mont Café，标记是只猴子。店外有广告语为 life is too short to drink bad coffee，我把它译为"人生忒苦短，咖啡来偿还"——当然得

PHOTO：根特河两旁，熙熙攘攘的"咖啡人群"。

是好咖啡。

其实,研究所里也有咖啡机,随时有免费咖啡喝,但西方人似乎对咖啡很讲究,就像是中国人爱喝茶的偏好龙井或大红袍一样。此间的咖啡种类奇多,一张单子上列得满满的,多为荷兰语,我不懂挑选。我曾喝过的有卡布奇诺、拿铁等,有一次要了一杯 espresso,后来才知道这叫浓缩咖啡,只有一小口,其味甚苦,但比国同事苦一口还不够,多要双份的 espresso。我那晚喝了 espresso 之后,到了凌晨 3 点也没睡着,大概是拜咖啡所赐吧。

喝咖啡最好坐在室外。中午时分,看着天外云卷云舒,眼前花开花落,手捧一杯咖啡,小啜两口,这份闲适,大概只属于欧洲小镇。想起威廉·布莱克(William Blake)的那句诗了:Hold Infinity in the palm of your hand, /And Eternity in an hour(手心握无限,须臾纳永恒)。此刻在鲁汶则是——手握一杯咖,瞬间成永恒。

比利时人的悠闲

Slow Life in Belgium

傍晚时分，在研究所看着书，觉着有点饿了，于是想出去买点吃的。同事说，出门左拐即有家店，卖三明治，于是兴冲冲地跑去。店门是关着的，不过柜台里站着一个人，我想大概是天冷的缘故，所以关了门吧。推门不开。店员见着我了，说了什么，我听不见。接着她举起 4 个指头比画着，我意识到可能是关门了。再看门上贴着的营业时间，周一到周五，似乎是 5 点下班，现在才 4 点 10 分啊。于是又使劲地推，那店员终于过来把门打开，指指门上最底下的一排小字，然后说了一串荷兰语，底下果然写着 4 点钟的字样。大概是暑假期间，店也提前打烊了。但我想既然过来开门了，那就顺便卖个三明治给我吧，看柜台里的三明治，离我不过两三米远。刚想从门里闪进，没想到店员又把门给关上了。我这才明白过来，人家开门就是给我解释一下，但是这

PHOTO：鲁汶郊外“甜水泉”途中所见：自行车如此喜感，生活如此悠闲。

生意是绝对不做了的。

有钱也不赚，到点就关门。这个店员，也许就是老板娘呢，宁愿在柜台边空站着，也不愿接我手上的欧元，颇有点不为五斗米折腰的骨气。想起国内店家的拼命吆喝：最后一件，走过路过，不要错过。可以体会到比国的生意人是多么悠闲了！周日休息，周六工作半天，平时10点开门，5点打烊，暑假还要提前一小时呢。

想起前不久读的一篇文章《丑陋的比利时人》，作者叙述修车时碰到的尴尬。一个汽车维修工人，一天就修4台车，不许多修车。所以你要修车，就得预约排队。好不容易到了预约那天，把车开去了，服务台前排着长队，大家就那么稀稀松松地排着，柜台里的那位，一边喝咖啡，一边打电话，再聊聊天，看着那么长的队伍一点都不着急。心里着急的人，总想和谁发泄发泄，找个一块儿排队的，一定有共同语言啊，作者就对站在后面的那位说："这么工作，太慢了吧！"没想到，后面那位比利时人极其不满地说："他为什么要急着干活啊？他又不是疯子！"

我在比国没有修车的经历，但这次面包店的遭遇也让我深有同感。回来之后，我也没有和比国同事抱怨，否则他可能会摊摊双手，耸耸肩说："她为什么还要卖给你？她又不是疯子！"

到底谁是疯子呢？

7 月的鲁汶

Leuven in Summer Holidays

7 月的鲁汶，有点寂寞又有点激情。

放暑假了，一大半学生都回去了，食堂里再也没有了熙熙攘攘的人群。坐着吃饭的，多是博士，平均年龄明显涨了好几岁，人均头发根数则少了很多。有些商店也暂时歇业，特别是学院门口的咖啡店。比如法学院门口的 Mont Café，只有那一行标语 life is too short to drink bad coffee，似乎还在风中等着 9 月里新一批客人的到来。研究所里也沉寂了不少，静悄悄的，老师和同学都趁假期出游了。因为喝的人少了，咖啡壶里的咖啡总是温温的，不像以前总是滚烫的，而且似乎永远也倒不完。这就是慢悠悠的 7 月，静悄悄的 7 月。

寂寞之中也有些激情。在“老市场”和市政厅边上，每周五晚都有

PHOTO：鲁汶 7 月，图书馆广场上的人工沙滩排球赛。

Beleuvenissen 活动，搭着台子，一群艺人在唱歌，第一周是民歌，最后一周则是乡村音乐。“拉肚子广场”在举办沙滩排球赛。大车运来了一车车的沙子，垫到1米高，然后再压实。甚至还插上几棵椰树，叶子随着彩旗飘扬。此外，还临时搭有小孩子的游乐园。边上停着一辆卡车，车身上写着 mobile kitchen（移动厨房）。看着人造沙滩上男男女女生龙活虎的样子，不由让人产生7月的激情。激情的火花还迸发在商家的眸子里，所有东西都在打折，大到作为奢侈品的名包名表，小到泳裤泳帽。店门外挂着 SALE 标记，时不时还看到中文的“优惠”字样。这一切告诉你，7月的鲁汶，这里绝不寂寞。

鲁汶的7月可说是旅游的季节。南法的太阳，希腊的岛，伦敦的眼，埃及的塔，荷兰的风车，德国的黑森林蛋糕，连南极的企鹅都来凑热闹。7月的鲁汶，寂寞；鲁汶的7月，激情。来首诗吧：

7月的鲁汶
像是长长的寂寞的毒蛇
藏在寂寞的草丛——
突然蹦出　激情四射
咬住过往小女孩的
手中的
向日葵
头

鲁汶读书郎
The Statue Fountain of Wisdom

鲁汶市政厅边上有一座标志性雕像，学名叫 Fons Spatientiae，名字太长，此地的人喜欢亲切地叫他的小名 Fonske，这是个弗拉芒语里常见的名字，更亲切点，还可以叫他“阿福(Alfons)”呢。事实上，Fons Spatientiae 是拉丁语，意为“智慧之泉(fountain of wisdom)”。只见阿福右手持罐，高举头顶，罐中有水汩汩流出，浇在头顶，左手则捧着一本书，放置胸前，两眼紧盯书本。鲁汶是大学城，此雕像为 1975 年鲁汶大学 550 年校庆时所立，表现的是鲁汶学子的形象。鲁汶同时又为一啤酒城，是世界第一大啤酒公司英博啤酒总部所在地，所产 Stella Artois 啤酒蜚声中外，故学者眼中的智慧泉水，在老百姓看来则是头浇啤酒嘴边尝。《鲁汶：城市与大学》一书对“阿福”是这么介绍的：

PHOTO：鲁汶“智慧之泉”雕像，鲁汶大学城的象征，读书郎身后为圣彼得教堂。

If the beer is out of the can, /then wisdom is in the man.

我试着将其译为“头顶一杯啤，脑中有灵气”，或是“啤酒一打开，智慧灌进来”。

有趣的是，智慧之泉从头上流过之寓意颇像汉语的“醍醐灌顶”，这一佛教用语表示灌输智慧，使人彻底觉悟。因此，从中国人的角度来看，不妨把这罐子里流出来的东西看作“醍醐”。读书除了记忆外，还需领悟，“醍醐灌顶”式的启发必不可少。当然，如果照着读音理解成“提壶灌顶”也非常形象。唯一不合适的是将灌顶之物理解成“水”，因为“脑子进水”可不是好事。

就像是布鲁塞尔的尿尿小童经常更换衣服一样，鲁汶的读书郎“阿福”也经常根据鲁汶举行的不同活动而穿不同的衣服。

这个读书郎是个男孩，不过鲁汶也有女学生雕像。和阿福遥遥相对的，是在旁边一条街上的“丽丽(Renée)”雕像，该雕像建于 1997 年。一个女孩，斜靠在栏杆上，读着一本书，上刻 Loveniers Armand 字样，不过这并非书名，而是该雕刻家的名字。“丽丽”雕像设在 Atrecht College 附近，这是鲁汶大学首个招收女性学生的学院。这尊雕像是以鲁汶荣誉市民 Renée Depret (1914—2001)的名字命名的，她是鲁汶城市各类文化活动的推动人。

“阿福”有“丽丽”相伴，也是挺幸福的。给他们写首打油诗吧：

诗书一卷酒一壶，

醍醐灌顶小阿福。

教堂钟声虽悦耳，

相比丽丽总不如。

教皇学院看门狮

Stone Lions at the Pope's College

城市雕塑是了解一个城市的过去、现在与未来的窗口。除了"阿福"和"丽丽"读书像，鲁汶还有一座著名雕像，即教皇学院的看门狮。

此学院名为 The Paus Adriaan VI College，简称 Paus College，即英语的 Pope's College（教皇学院），是由罗马教皇阿德里安六世建立的。阿德里安六世 1459 年出生在荷兰乌得勒支，1476 年来鲁汶大学学习，后来曾在学校当神学教授，曾一度做过校长，听课的学生中就有后来的人文主义泰斗伊拉斯谟。他于 1522 年当选为罗马教皇，在位也就 1 年多时间，因推行宗教改革，不容于世，最后愤懑而死。在最后的岁月里，他曾向他的老朋友感慨："当年我们在鲁汶的安静生活是多么惬意啊！"

教皇学院所在地是当初神学院所在地，但如今专用作学生宿舍。匍匐在

PHOTO：鲁汶大学"教皇学院"抽象的狮子雕塑，是比利时雕塑家奥利维·斯特贝尔（Olivier Strebelle）的杰作。

门前的是一对抽象动物，形似蜗牛，但体形巨大，长两三米，高一米多，有尾巴，前肢扑地，头枕之，且两边动物并不对称，体态似不尽相同。查证之后，方知是比国雕刻家奥利维·斯特贝尔（Olivier Strebelle）的作品（斯特贝尔曾为北京奥运会创作《运动员之路》大型雕塑，作为比利时国王赠予北京奥组委的奥运礼物，由此可见该雕塑家在比国的影响力）。这对雕塑名叫“公狮和母狮”，在抽象中体现了神采，颇有几分神似，看来艺术一般都讲求神似而非形似。狮子是比利时的国家象征，其国徽中心图案是一头站立在黑色盾徽上的雄狮。这就是为何皇宫大门口的雕塑是狮子，鲁汶大学图书馆扶手上也是一只只狮子图案的缘故。

看完教皇学院的雕塑，了解了教皇的生平，想着教皇晚年对他朋友所说的话。是啊，当我们离开鲁汶后，会面对诸多喧嚣和纷争，那时候我们是否会想起，400 多年前的一个鲁汶校友曾说过的话：“当年我们在鲁汶的安静生活是多么惬意啊！”

针刺甲虫说图腾

Totem: Beetle on a Needle

初来鲁汶的，甚至是长期留在鲁汶的，都会对中央图书馆前的雕塑感到困惑。其形象是针刺甲虫(beetle on a needle)，即一根高悬的钢针，针尖上刺着一只绿色的甲虫，立于图书馆前。这雕塑到底是何寓意？“鲁汶心情”论坛上众说纷纭，有人说是以虫子的死来寓意生命；有人说虫子代表智慧，针刺表示把智慧捕获；也有人说甲虫是埃及神话中太阳神的象征。年复一年的激烈讨论，年复一年的莫衷一是。前一阵子专门读了校史，才算理出了一点头绪。

这个雕塑有个名字，叫作“图腾(Totem)”，那针不是普通的针，而是高 23 米的不锈钢杆，像定海神针。那虫也不是普通的虫，是长达 3 米的大甲虫，被针扎在 20 米的高空处。甲虫肚皮朝上，六脚朝天，通体碧绿，脚则金黄。雕塑是 2000 年鲁汶大学在其 575 周年纪念时送给鲁汶城市的，作为对其数百

PHOTO：鲁汶大学中央图书馆前的针扎甲虫“图腾”雕像，引得外人费思量。

年来支持办学的答谢。

雕塑作者名为法布尔(Jan Fabre),安特卫普人。之所以称之为“图腾”,是因为这是一个能使大家聚集的地标。针虫高耸于图书馆前,颇像方尖碑矗于埃及神庙前,而作者的立意确实跟埃及密切相关。在古代埃及,粪甲虫家族的圣甲虫是一种神圣的动物,甲虫将其卵产于粪中,于是一个新的生命诞生了,这象征着生命的循环和世界的更新。有学者认为,古代埃及人给法老制造木乃伊并将其埋葬在金字塔里的传统,就是仿效圣甲虫把它的幼虫埋在粪球中的习惯而来。正如甲虫在粪便之中长出新的生命,埃及人相信,他们的法老也会从埋在地下的茧中获得新生。在梵蒂冈博物馆参观埃及木乃伊的时候,可以发现木乃伊身上放了一些东西,就是圣甲虫。这种古埃及神虫,埃及语为 heper,是“诞生”的意思。甲虫推的是粪球,它不断地努力,像滚雪球一样,推出了一个球,古埃及人认为这叫“诞生”,就像太阳从地平线上升起一样,从无到有,诞生了另外一个世界。于是甲虫受到了古埃及人的崇拜,变成了“圣甲虫”,古埃及人的护身符就有圣甲虫形状的。

“图腾”中的巨甲虫所选用的材料,则是对科学的一曲颂歌。其材料是聚酯混合物,虫身的每一个细节都是对真实甲虫的逼真模仿。法布尔并不是一个抽象派的艺术家,他是摹仿论的提倡者。在该理论中,逼近自然是最高的准则,在巴塞罗那看高迪(Antonio Gaudíi Cornet)设计的建筑时也有这种感觉,高迪也信奉建筑源于自然,圣家堂就是一个典型。对法布尔而言,图腾甲虫就是自然的记忆,是人类存在的雷达。此外,穿透甲虫用于科学研究这一基本含义依然存在，它也蕴含着人类对物种的收集和分类，而这正是图书馆的功能。法布尔始终将其与图书馆紧密相连，认为图书馆是“人类的集体记忆，储存书和知识的大厦”。

就在这间图书馆内，还有另外一位法布尔的皇皇巨著《昆虫记》。他的全名叫 Jean Henri Fabre，他研究地震、蘑菇，还有昆虫的生命，被称为“昆虫世界的荷马”，在英文传记中，他被直接称为“昆虫人”。在其革命性著作《昆虫记》中，他以生动的笔触描绘甲虫在严寒中寻找伴侣的生命历程。也许正是这种在姓氏上冥冥之中的联系，促使雕塑家法布尔把这一昆虫放在自己宇宙世界的中心位置。

甲虫是一种神秘的动物，而当代的艺术家小法布尔和 19 世纪的昆虫学家老法布尔之间有种神秘的联系。不管如何，老法布尔对甲虫的阐释是如此生动，它仿佛可以从书本中爬出，走进我们的现实世界。在 2000 年创作这一雕塑的同时，小法布尔也在为布鲁塞尔皇宫的“快乐天堂厅”塑造屋顶，他选择了 150 万只绿蓝色混合的光芒四射的铁甲虫装饰天花板。而鲁汶选择了较为经济的方案，这也保证了那百万只圣甲虫的荣耀为皇宫所独享。鲁汶也颇引以为傲——看那只巨大的圣甲虫永远停留在湛蓝的鲁汶天空！

此地钟声最悠扬

Ladeuze Bells

鲁汶的8月，“拉肚子广场”上每周六都有钟乐表演，给稍嫌寂寞的8月空城增添了活力。提前预约的观众还可以登上钟楼，观看钟乐师 Luc Rombouts 现场表演，我自然不肯错过。

今天是2012年8月25日，正是98年前德国轰炸焚烧鲁汶图书馆之时，故今晚亦有特别的纪念价值。鲁汶图书馆几经劫难。“一战”时焚书30万册，“二战”时又被焚书90万册。战争乃文明终结者，从图书角度而言亦是如此。图书馆既然跟战争密切相关，故处处体现着战争的痕迹。图书馆外墙上的圣母像也与别处不同，除了怀抱婴儿外，还手握宝剑，刺向脚底下的一个怪物，以示对战争的惩戒。图书馆钟楼高73.50米，48口钟是1928年美国工程师协会赠送的，为的是纪念在“一战”中牺牲的美国工程师。48这个数字

PHOTO：鲁汶钟乐的宣传图。夏日傍晚，鲁汶大学图书馆前，卧听钟乐，不亦乐乎？

的由来则是因当时美国有 48 个州。钟楼上的时钟也不用数字,而是刻着 12 颗星,每边 1 面钟,正好 48 颗星。

1500 年前后,低地国家开始流行用钟来演奏音乐,17、18 世纪达到高潮,每个城市的钟乐此起彼伏。这种传统曾一度中断,但 20 世纪又有所恢复,如今钟乐最流行的国家是荷兰、比利时和美国。鲁汶图书馆的钟乐是 1983 年恢复的,而且钟增至 63 个,据说当时在世界上也是名列前茅的。

爬楼。289 级台阶。以前总是到了图书馆 3 楼就止步了,但今天钟乐师打开 3 楼小侧门,露出了宽为 1 米、仅容 1 人通过的石梯,于是辛苦的攀登运动就开始了。刚开始还是石阶,后来则是浮空的铁板台阶,幸好两侧有扶手。一层一层地穿越,就像爬云梯一样,盘旋而上。终于到了钟楼的平台上,举目都是大钟,层层叠叠,上头刻着文字。最后进了一间 15 平方米的小室,中间摆放着一架琴,上有两排键,底下还有一排踏板,中间以钢丝连接,一直连到底下和头顶阁楼上的各个钟。这边手敲键盘,脚踩踏板,钟声就响起来了。

钟平时也是会响的,每到整点时,大钟敲 8 下,然后会自动演奏一小段音乐,是弗拉芒的民间音乐 *Reuzegom*,据说是首饮酒歌。此刻,只见 Rombouts 十指翻飞,钟乐表演开始了。最常用的是中间一排键,钟声悠扬;上面的一排键,估计连着的是小钟,钟声清脆;脚踩的则是最重的钟,钟声沉郁。各种钟声和谐交织在一起,让人恍如置身梦中。小小的空间里,我们一行人共同享受着幸福时光。其实不只我们二十几人,因为钟乐表演是电视直播的,在图书馆广场上有近百人,躺在椅子上,静静地看着眼前大屏幕,听着音乐,还能欣赏到钟乐师的动作。

下楼之后，我们也躺在椅上，静静地听 Rombouts 演奏其他 14 首名曲，这些曲子如果是普通钢琴所弹，则不足为奇，但此刻是钟磬之音，且从天上飞来，是名副其实的“天籁之音”。虽其时月上柳梢，天凉如水，我身着短袖，寒入骨髓，但仍坚持听完。当熟悉的旋律以一种特殊的方式响起，袅袅地从云端飞来，谁都会涌起一种感慨：“此曲只应天上有，人间哪得几回闻！”演奏完毕，Rombouts 在钟楼平台上、钟乐旗下向广场上的听众挥手致意，四周掌声雷动。他在演奏前，已在钟楼小平台上绑上一面旗帜，那是钟乐旗，上有跳动着的蓝色音符。

这是个多么美妙的夜晚啊！来欧之后，我渐渐发现，欧洲的美固然是表现在罗浮宫中、圣家堂前，但也藏在这些不为人知的小巷深处、广场夜晚，就看我们如何去捕捉。最后为这个美梦般的经历来首打油诗吧：

钟磬之音天上来，仙人高坐在云端。

十指翻飞浑入梦，双脚踢踏独悠然。

小钟空灵江南雨，大钟沉郁塞外山。

钟声此地最悠扬，鲁汶七夕乐潺湲。

高墙内的伤心树

Lu Zhengxiang and the Tree of Sorrow in Atrecht College

8月里的一天，我路过鲁汶大学国际办的怀仁厅，门开着，于是走进去看看。

进门后，首先映入眼帘的是中国式的厅堂。正中挂着的是一张中国地图，两边是对联，上书："诗书千载经纶事，松竹四时潇洒心。"书架上有一些成套书籍，比如荷兰语的《天主教在北京》等。陈列柜里则摆放着许多具有中国特色的工艺品和雕像，如笔墨纸砚、书法印章（一方是"虚而不盈"，一方是"南怀仁印"）、长城雕塑、唐三彩、兵马俑、京剧脸谱、彩色泥人、二胡、象棋，还有好几个木鱼。有个牌位，上写"至圣先师孔子之神位"，可见基督教进入中国后，和儒教发生了一些交融，利玛窦和南怀仁等对于孔子也较为尊崇。墙上还悬挂着一幅画，上书"天堂要略"四字，从其题字"九七相伯"来看，应是复旦

PHOTO：鲁汶大学 Atrecht College 中的槐树，被称为"伤心树"。

大学创始人马相伯所书。另有一幅书法碑拓长卷，上书《大秦景教流行中国碑》，它刻于唐德宗建中二年，即公元 781 年，由波斯人景净述事，吕秀严书写，吕秀严的身份是“朝议郎前行台州司士参军”。该碑文在明天启三年(1623)出土，在华传教士卫匡国当时恰巧在西安，于是将其译成拉丁文寄往欧洲。卫匡国最后终老于杭州，该碑文又由在浙江台州为官的吕秀严书写，由此可窥浙江和基督教的关联。

另一有趣的发现则是陈列柜里有一张陆徵祥的照片，还有一本厚厚的家谱——《陆氏葑门支谱》。陆在 1915 年任北洋政府外交总长，曾代表袁世凯政府与日本签订丧权辱国的《二十一条》，而在 1919 年巴黎和会上则拒绝在割让山东半岛的条约上签字。然而即便如此，《二十一条》仍使他背负恶名。他的比利时籍妻子于 1926 年去世，时任驻瑞士公使的陆徵祥即以守丧为名辞去公职，次年送夫人灵柩回布鲁塞尔移葬。数日后，陆徵祥便到圣安德修道院参加圣神降临节，之后成为该院修士。“二战”期间，他还主编《益世报海外通讯》，向欧洲宣传中国的抗战情况，呼吁世界人民支持中国的抗日战争。据报道，1949 年他病重期间，修道院的院长南文主教去看望他，对他说：“中国占去了你一半的心。”他无力说话，却伸出三根手指。主教明白了，说：“中国占去了你四分之三的心。”之后陆微笑着闭上了眼睛。《陆氏葑门支谱》共 12 册，出版于 1888 年。漂泊异乡，远离故土，却又家谱随身，可见有些东西一直在他心里藏着，始终难以释怀。

国际办和怀仁厅所在的学院，名为 Atrecht College，是鲁汶一个古老的学院，建于1508年，是法国阿拉斯城（荷兰语为Atrecht，法语则是Arras）的主教Nicolaus Ruterius建的学院。中世纪以来，鲁汶很多学院以地为名，由来自该城或该国的赞助者所建，供其子弟在鲁汶求学所住，比如“美国学院”“爱尔兰学院”“安特卫普学院”等，不过此类学院如今已不再具有组织教学科研之功能。Atrecht College之所以特别，是因为这是鲁汶大学第一个招收女学生的学院，而且在1921至1977年的半个世纪里，此院专为女生宿舍之用。院子里有一棵大槐树，栽于18世纪，至今已有两三百年，此树曾被称为“伤心树（the tree of sorrow）”。因为当时学校规定女生晚7点之后就得回宿舍，大门将关闭，槐树下是男女生依依惜别之地。可以想见，在那棵老树下，曾有多少依依不舍，多少行行离别，多少墙头马上，多少十八相送的故事发生、回旋；又有多少女孩在大槐树下留下了幽怨，在高墙内唱响了青春之歌，或在漫漫长夜里酝酿无声的呐喊。

有些人去了，就再也没有回来，比如南怀仁；有些人来了，就再也没有回去，比如陆徵祥；有些人今年在这里，明年还会不会再来？我们也不得而知。唯一不变的是，Atrecht College高墙里那棵伤心树啊，绿了一年又一年。

鲁汶贞女传
Saint Margaret of Leuven

1225年的9月2日，距今已经近800年了。那一晚的鲁汶，想必是月黑风高。18岁的玛格丽特本在鲁汶表叔家的酒馆做服务员。她是一个勤快的服务员。那家酒店就在 Muntstraat 大街，叫作圣乔治酒家。她的表叔和表婶已经把酒馆卖了，准备第二天就皈依修道院去。玛格丽特本也打算跟从表叔一家，去做修女。

然而正在准备打烊的时候，突然来了一群打尖的人。店里已无酒，叔叔就叫玛格丽特拿着酒壶打酒去。她前脚刚走，这群客人便原形毕露。原来这是一伙强盗，他们深知表叔经营有年，还有余钱在身，已伺机多日。等到玛格丽特打酒回来，强盗们正要走，而她发现表叔表婶已经惨遭杀害，尸体倒地。强盗们拖着她出了城，来到鲁汶北边一个叫 Wilsele 的小村庄，村庄在代勒河

PHOTO：鲁汶教堂外墙上的贞女玛格丽特雕像。

旁。在那里，他们要强奸她，但她为维护贞洁，奋勇抵抗，宁死不屈，最后强盗将她杀害，尸首抛入代勒河。

然而吊诡的事情发生了，按说代勒河从南往北流，尸体本该流向下游，远离鲁汶，最后应该漂到下游的梅赫伦，甚至是安特卫普。不可思议的是，尸体偏偏逆流而上，一直漂回鲁汶。我们常说“六月飞雪”，在鲁汶则是“逆水漂尸”。这可是17世纪流传的“鲁汶七大奇迹(Seven Wonders of Leuven)”之一，所谓的“水往上游流(the water that flows upstream)”。当尸体流进鲁汶城里时，可怜的玛格丽特手里还紧紧地握着酒壶，身体也没有沉下去，为什么呢？原来有一群鱼将她托着。后来传说越传越玄，最后竟然说，鱼儿没力了，突然天上劈过一道闪电，托着玛格丽特的，是一群天使！

后来人们为了纪念她，将她葬在鲁汶圣彼得教堂里，并且将9月2日定为教堂的节日。近800年来，人们叫她 Blessed Margaret of Leuven 或 Saint Margaret of Leuven，即“圣·玛格丽特”。

1982年，雕塑家 Willy Meysmans 为鲁汶城设计了一尊玛格丽特的铜像，铜像重达两百多公斤。一位金灿灿的裸女漂在水面上，底下托着她的是一群鱼，她就躺在 Tiensestraat 街上。这里是美食一条街，之所以放在这儿，大概是想让后人常常想起，800年前鲁汶一家小酒馆的服务员玛格丽特，是一位高尚的贞女。

鲁汶贝居安会院

Grand Béguinage of Leuven

我住的地方靠近鲁汶的贝居安会院，英语中称为 Grand Béguinage of Leuven，荷兰语中称为 Groot Begijnhof。

这是一个风格整齐划一的街区，大大小小有百余间房，鳞次栉比，墙面皆红色，砖露在外，顶皆藏青色。中间以鹅卵石小路相隔，纵横交错。家家都有花园，锁以木栅栏门。有小河从该片穿过，且有石桥相连。有些房子傍水而建，青苔附红砖，煞是好看。内有教堂一座，外墙呈土灰色。

这片街区宛如城中一小村，颇具特色。巷中只许步行，车子不准驶入，唯有门墙边停着的各色自行车，说明居住其中的多是鲁汶的师生。查证过后，方知该处为世界文化遗产地，有 45 亩之大，是荷兰、比利时这些低地国家中最大的贝居安会院之一。代勒河穿行其中。

PHOTO：鲁汶的贝居安会院，卵石铺地，红砖蓝瓦，古香古色。

何谓贝居安会院？原来是寻求侍奉上帝、不结婚而又离群索居的会士妇女的居住地，即女修道院。据文献记载，13 世纪初，这片街区就有了。现在这里的大部分建筑多为 17 世纪中期建成的。20 世纪 60 年代，由于年久失修，难以为继，教会想把这片修道院卖掉。有地产商想出资买下，但听说鲁汶大学也想买下并进行修缮，地产商就很快放弃了开发的念头。于是鲁汶大学将其买下，并进行修缮保护，用作教师和学生的住所。

这里也是 Raymond Lemaire 实践《威尼斯宪章》的具体案例。首先，这里引进了现代使用机能，但同时又小心地让住宿功能与水电设备不影响建筑的外观；这里也有新建筑设施，在造型、体量与色彩上与老建筑协调，但材料、开窗、阳台等却又很现代，一眼就可辨认出来；在 20 世纪 60 年代，这些古迹外墙都涂上了白色墙粉，不过为了表现真实的砖墙材料，在修复期间又将白色墙粉敲除，露出砖造建筑的表面。

自贝居安会院修复案例之后，一个强调传统材料质感的风潮就在比利时传开了。在这些传统建筑上我们可以看到阶梯山墙，建筑边框以及窗框的砂石砖，还有填充墙面的红砖，以及固定墙面与屋梁的铁剪刀。这体现了《威尼斯宪章》的精神：要整体呈现古迹的真实，包括真实的构造和材料。这样的手法是比利时的特色。当我们走访德国、法国等欧洲国家时，发现古迹外墙通常用粉刷层遮盖起来；但在比利时，暴露的砖墙表面成为老城市的日常景观，表现出一种质朴的美感。

八旬老翁犹学医

Jan Warnink: KU Leuven's Oldest Student

《三字经》说得好，“若梁灏，八十二，对大廷，魁多士。彼既成，众称异，尔小生，宜立志”。说的是82岁的梁灏中状元的事。不过在中国古代，学而优则仕，寒窗苦读为的是书中自有黄金屋。一旦金榜题名，则飞黄腾达，光耀门庭，故不乏祖孙三代同坐一考场的例子。不过在现代社会，年逾古稀的老人仍去上大学，总是少之又少，除非是在老年大学里学学琴棋书画，充实充实退休生活。但前几天看鲁汶校报，读到一八旬老翁在鲁汶学医的故事，不由啧啧称奇。

报道称，并非所有的医学院学生都是年轻人，在鲁汶 Casthuisberg 医学院的大教室里，你会发现坐着一位年逾古稀的老先生。老翁名为 Jan Warnink，年已八旬，堪称鲁汶在校最年长之学生，自称：“学习让我保持年

PHOTO：鲁汶大学最年长的学生 Jan Warnink，年已八旬，堪称医学院一奇。

轻。”他还谦虚地说道：“我不会成为一名医生，但渴望了解心脏手术方面的知识。”9年来，这位老先生已经选修了不少医学课程，如解剖学、外伤学等。这一年他选的是心内科，并觉得该课程相当有趣。当然，第一次上课时，他也不由一阵战栗，深恐自己无法胜任。但转念一想，自己并非是来玩玩的（I'm not a tourist），总要坚持到最后，看看自己能否听懂。就是这一信念，让他没有中途放弃，一直坚持到期末考试。

人们问他：“年轻为何不学医呢？”老人说：“别提了，那时见血就发怵，于是选择学生物。后来进了制药厂，方才接触医药行。加上老婆是护士，方悟自己爱学医。只是彼时儿成群，再做学生不现实。直至千禧妻先走，没有兴趣再工作。三年之后重入学，这回坚定学医学。

“犹记当时第一课，所有目光皆看我，教授下台自介绍，同学私语议纷纷，老头子来干啥的？我则坦然接受之。同学问我拉丁词，我做翻译讲仔细。偶有集体做实验，我在边上认真记。他们需要真实践，而我只是感兴趣。同学坚持让我试，积极参与更有趣。有次我也做汇报，汇报过后掌声起。我也颇有自知明，一期只选一门课，贪多则会嚼不烂，多了消化有困难。有时学习在家里，一周学习六小时。我也勤于记笔记，书上网上查仔细。说到考试我也怕，考试之前整天学。临到考场反而好，精神不再紧张了。考试通过我高兴，说明知识已掌握。人上年纪得学习，找点事儿忙自己。打牌台球非我好，学医找到用武地。如今虽然年八十，从未觉得过古稀。一般活动不参加，拉肚广场我经过。早上有课需早起，前夜则睡女儿家，她家恰好在鲁汶，嫁女方便我学习（大笑）。食堂东西很少吃，外面小店称我意。作为医生得临床，我也偶尔要实习，护士病人皆配合，我会打针把血抽。这回见血我不晕，这回见血我不晕！（大笑）”

鲁汶的 1425

University of Leuven in 1425

虽然还没离开，但常常想如果下次有机会来鲁汶，自己会选择在哪一年。如果能选择，我希望是 2025 年。因为那一年刚好是鲁汶大学 600 岁的诞辰。在 550 年诞辰的时候，鲁汶城送给大学一个醍醐灌顶的读书郎雕像“阿福”，至今智慧之泉仍在市政厅旁倾泻不止。而在 575 年校庆的时候，作为回礼，大学送给城市一个针刺甲虫的雕像，如今正光芒闪闪昂然挺立于图书馆前。在 600 年大庆的时候，城市和学校又会进行哪些互动呢？又会有什么新的变化呢？不禁令人浮想联翩。多希望，那时候自己还能再来一趟鲁汶。看看饱经风霜 600 年的大学，再触摸一下这座大学城的灵魂。

最近闲时在看一本小书——《从剑桥到海德堡》，海德堡是 1 月要去的城市，之所以去海德堡，就是想体味一下那跟鲁汶一样古老的大学，那所“二战”

PHOTO：鲁汶大学的标记，开启智慧之门的钥匙。

唯一幸免于难的德国大学城。遥想中世纪的欧洲，先是意大利在 1088 年有了第一所大学，名为博洛尼亚大学，号称西方的“大学之母(鸡)”，之后有了牛津大学、巴黎大学、剑桥大学。一直到 14 世纪中期，欧洲大陆人想要接受高等教育，还得去巴黎。1385 年，情况终于改变，那就是德国有了海德堡大学，再后面则有了科隆大学、莱比锡大学等。但是在低地国家，第一所大学还要再等上 40 年，那就是 1425 年的鲁汶大学。此时，中国刚进入明朝，那是科举时代的鼎盛期，那时当然也有书院(常常办在哪个山洞里)，也有私塾(常常办在有钱人家的院子里)，可惜就是没有发展成为大学。

鲁汶大学的建立归功于当时的布拉班特公爵，他的两位谋士力促公爵在自己领地内建一研修之所。原本属意布鲁塞尔，但布鲁塞尔当局认为年轻学生多了，会对本城的青年女性的道德带来冲击，谢绝了这一原本可以使 600 年间布鲁塞尔学子不必坐火车来鲁汶求学的提议，而鲁汶则毫无顾忌地接受了。在那个年代，鲁汶经常和布鲁塞尔互别苗头，市政厅要比比谁的更漂亮(得承认布鲁塞尔的更高，但是谁更美就不言而喻了)，教堂要比比谁的高(这个无疑鲁汶输了，因为圣彼得大教堂在建造过程中，发现地基太软，无法建高)。不管怎么说，在办大学这件事上，鲁汶最后胜出了。

接下来就是当局和主教向罗马教廷请愿，不到两个月，教皇马丁五世同意了，盖了章的“红头文件”发下来了，盖章时间是 1425 年 9 月 9 日。开办 4 个专业：艺术(包括哲学和自然科学)、教会法、法律和医学。教授的工资由公爵、市政府和教会 3 家合力解决。经过 1 年的筹备，大学于 1426 年 9 月开始正式招生，新生入学是 10 月 2 日，第一任校长名叫 Willem Neefs，教师有 5 人，其中 2 人是“赤脚医生”。1426 年，学校又向罗马教廷申请办一个新专业：神学。不过教皇没有答应，怕得罪巴黎大学，因后者想维护自己在神学教育方面独一无二的正统地位。到了 1431 年，教廷换届后，罗马教廷举手投票，终于同意鲁汶设立神学专业。这一下，鲁汶也领到了尚方宝剑，开始招收学神学的学生。

1425 年，那是多么激动人心的一年啊，一纸“红头文件”下来，大学说办就办了。又过了几年，鲁汶市政府把布料交易市场也捐给大学，做了办公大楼。如果可能，我一定在 2025 年再来一次，看看布料大楼，看看已成文物的“红头文件”，看看那 600 岁的鲁汶大学。

鲁汶的 1521

University of Leuven in 1521

金耀基在《从剑桥到海德堡》一书中曾经这么写道:“讲剑桥的学术,平心说,在 16 世纪初叶之前是没有什么可称述的。那时,英国的学术重镇无疑在牛津,只有牛津与巴黎及博洛尼亚大学齐名,而剑桥还是一个相当隐晦的名字。这要等到伊鲁斯玛士播下‘新学’的种子后,剑桥才开始冒升。当你走进皇家学院的后庭,抬头远看那位荷兰人文学大师所居的阁楼时,虽然音容已渺,但总禁不得依恋低回,就是因为他,剑桥开始从‘上帝’的世界进入‘人文’的天地。渐渐地,以希腊文化为基底的人文主义在剑桥落地生根,声誉远播西欧,抢夺了牛津的光彩。十六世纪是剑桥脱胎换骨的世纪,也是她性命交关与光荣的世纪。”

清华老校长梅贻琦曾有言:“大学之大,非谓有大楼之谓也,乃大师之谓

PHOTO: 鲁汶街头的伊拉斯谟雕像，他开启了中世纪鲁汶的人文研究之风气。

也。”这在中世纪尤其如此。大师一旦到来，则莘莘学子慕名而来，遂有了诸多程门立雪的故事，之后师生共同探讨学问，则开一时风气之先，教育之移风易俗之功能，便即在此。而中世纪的大师，甚少拘泥于一校，因其身份特殊，经常转战“沙场”，故普天下学子皆能受惠。金耀基笔下的伊鲁斯玛士（即Erasmus，如今通常译为“伊拉斯谟”）于1510至1515年在剑桥，之后在1517年6月则转至鲁汶任教，直到1921年10月28日离开（在自己生日当天离开学校，不知是偶然，抑或别有深意，不得而知）。他在鲁汶开创了著名的“三语学院”，从此鲁汶的人文主义风气得以开启，而且正是在这一期间，马丁·路德在德国吹响了宗教改革的号角，伊拉斯谟则与路德通信，讨论宗教改革的问题，一时间宗教改革成为欧洲大陆的人文主义的焦点，鲁汶也成为欧洲学子向往之圣地，鲁汶大学遂成人文主义新学传播之中心。伊拉斯谟在鲁汶的遗存，一是大学人文学院图书馆以之命名；另一个则是在市中心商业街边有一座他的雕像，因为雕像底下有个墩子，且有围栏环绕，通常是大家锁自行车的车墩子。伊拉斯谟若地下有知，不知做何感想。

500年前的鲁汶大学是什么模样呢？在1521年8月13日伊拉斯谟给友人的信中，鲁汶是这样的：“鲁汶气候温和，是研究学问绝佳地。没有学校能比得上此处学问之盛，教授人数之多，质量之高。”在一个月后的一封信中，他又如此写道：“鲁汶气候适宜，小城安静，无地能及，此为潜心学问之必需。此地学子对文学极有热情，颇有造诣者亦甚不少。未毁于‘毁人不倦’者之手，幸甚幸甚。”其实，最后一句已经透露了伊拉斯谟在鲁汶大学也曾经历过挫折与斗争，和他之后离去可能亦不无关系。而之后，在16世纪后半叶，历经了战乱、瘟疫、政权更替，鲁汶再也找不到片刻的安宁，16世纪前半期所开启的人文主义之风，风流终被雨打风吹去，不由令人感慨。或许也正因为缺乏大不列颠的稳定和宁静，鲁汶大学之后历经雨雪风霜，甚至一度关门歇业长达三四十年之久，最后无法与牛津剑桥并驾齐驱（虽然在校史学家的笔下，鲁汶是“比利时之牛津”），岂非命哉？

鲁汶的 1797

University of Leuven in 1797

18 世纪的鲁汶一直是战场，奥地利和法国在这里打打停停，停停打打，可谓是你方唱罢我登场。布拉班特公爵在列强争夺中挣扎徘徊，生怕站错队伍。由于局势动乱，此时的鲁汶大学，校局不稳，更是在夹缝中生存，处在风雨飘摇之中。雪上加霜的是，1788 年，奥地利国王下令将人文、法学和医学三系迁往布鲁塞尔，独留神学在鲁汶。等到两年后，布拉班特公爵倒向新成立的荷兰联合王国，才又将已迁往布鲁塞尔的校产归还鲁汶。

然而，四面皆是凄风苦雨。所谓树欲静而风不止，校园刚开始整修，百废待新，木头桩刚打下，法国人又杀回来了。那是在 1794 年。学校的档案不得不转运至德国汉堡附近的阿尔托那，在那个兵荒马乱的年月，哪里还有书生说话的地方？当年 10 月仍在招生，但生源已经大受影响。设想一下，这边开

PHOTO：鲁汶大学图书馆的 16—18 世纪学生风貌图片展。

学典礼,那边炮声轰隆,大学如何还能存续?法国人认为鲁汶没有存在大学的必要,于是绝望的大学终于支撑不下去了。学校的教师都遣散了,校长被流放到圭亚那卡宴,最终客死他乡。1797 年,鲁汶大学的大门关上了,长达 372 年的中世纪大学走到了尽头。

之后 20 年里,尼德兰南部就没有一所正规的高等学府了。而在北部,3 所大学幸存了下来:莱顿大学、乌特勒支大学和格林尼根大学。直到 1815 年左右,南方也开始酝酿要办一所大学,那些被放逐的原鲁汶大学教授苦苦哀求当局:鲁汶不需要重办,只需复校即可。后来的结果是考虑到北方有 3 所基督教大学,南方则相应办 3 所天主教大学,即鲁汶大学、根特大学和列日大学。于是 1816 年 9 月南方的 3 所国立大学成立,每个学校都领到 6 万弗罗林。1817 年,国立鲁汶大学开始招生了,距离当年的关门已经过去了 20 年。6 万弗罗林在当时不知有多少购买力,从校史来看,那些日子,学校发展举步维艰。

鲁汶的老师不满于此,在 1834 年又重新在外地组建了一所天主教学校,1835 年迁至鲁汶,其运行沿袭百年前的鲁汶旧制。但鲁汶显然不需要两所大学,于是双方坐下来谈,主教、市长都参与了,之后有了两所大学合并的计划,大家憧憬着重塑这所 400 年老校的辉煌。这一回政府慷慨,主动将原大学的固定资产交还使用,包括行政大楼、植物园和圣彼得医院等,一共 7 处。至此,鲁汶方才结束了百年的动荡,回归平静。然而正像一个人一样,大好年华浪费了,百年光阴倏然而过,再重新补救,谈何容易?艾晗堡的图书馆后也种着很多苹果树，但当时的鲁汶没有剑桥的悠闲，谁还有心情想去苹果落地的事？从 1835 年后再过 20 来年，剑桥的达尔文出版了《物种起源》，同一时刻的鲁汶恐怕还在为基建经费发愁呢，谁还会去考虑人自猿来，抑或相反呢？

鲁汶的 1968

University of Leuven in 1968

因了坐大巴去布鲁塞尔 Charleroi 机场的缘故，又一次途经 Louvain-la-Neuve 小镇，看到马路上 UCL 的旗帜迎风飘扬，不禁心生感慨。这是新鲁汶大学所在地。它的校旗上也端坐着圣母像，同样有“1425”的字样。新鲁汶，老鲁汶，本是同根生。1968 年，鲁汶大学法语部的师生挥师南下，夜行 60 里，硬是在一片不毛之地上建起了一座新的大学。

罅隙起于 20 世纪 20 年代，那时主持学校的正是 Monseigneur Ladeuze，这是一位非常善于调和关系的校长，带领着学校挺过了世界大战，可谓是鲁汶大学的复兴之父。“一战”的炮火都挺过来了，但是校内此起彼伏的弗拉芒运动，却让他伤透了脑筋。弗拉芒人在战争中饱受创伤，如今则希望在政治上扬眉吐气，当然也希望在教育上能接受荷兰语教育，而弗拉芒语

PHOTO：城市公园旁的 Pieter De Somer 的雕像，其正值两校分裂时任鲁汶大学校长（1966—1985）。

地区最大的大学却是一所法语大学！这种矛盾终于变得难以调和。饶是Ladeuze校长八面玲珑，也无计可施。1920年，学校开设了20门荷兰语授课课程，到1921年增至36门，到1923年增至50门，但这仍不能满足要求。随之而来的则是教授聘任的问题，双语课程带来教育经费增加的问题，还有生源的竞争，因为到了1930年，同是弗拉芒区的根特大学已经全面进行荷兰语授课，再加上20世纪30年代的经济危机，这一切都使得鲁汶大学举步维艰。

"二战"平息的语言纷争到了50年代又卷土重来，到了60年代则达到顶峰。因为学校当局里的法国人依然固守一种"文化种族主义"，学校上层之间仍然是用法语交流的，各种文件仍然是用法语颁发的，这进一步引起了弗拉芒人的不满，要知道在1960年，弗拉芒语的学生人数第一次超过了法语学生人数。之后学校的行政班子也有了两套人马，两个代校长，两个副校长，两个秘书长。1963年的一幅漫画描绘了这种景象：两队人马走在大街的两边，各自举着自己的旗帜，一边是法兰德斯的狮子，一边是瓦隆的雄鸡，两队人马隔路相对，怒目而视。到了1965年，荷兰语学生上街游行的标语上写着："瓦隆人，滚回家去"。到了1968年，历史终于走到了一纸判书这一步。

两所大学相隔仅30公里，名字中含有的词，又都是那几个（天主教、鲁汶、大学），自然不能不使局外人迷惑。就我所学的语言学而言，两校各有所长，但是新鲁汶有一个举世闻名的研究所，称为"英语学习者语料库研究所"，这里是全球最早开始英语学习者语料库建设的研究机构，可谓是独树一帜。我跟同事说，来比利时鲁汶学习语料库语言学，大部分人都以为我去的是新鲁汶。1968 年的那场纷争，其影响之深远，连数十年后的一个小人物也因此面临何去何从的选择！

创新在鲁汶

The Reconstruction of the Margaret Legend

“创新”是一个热门的话题。没有创新就意味着从众，意味着“鸡立鸡群”，泯然众人矣。但在我看来，创新也并不是全盘推倒重来，并不一定是“鹤立鸡群”，它往往只是站在巨人的肩膀上，稍稍做出一些变化，产生有新意的变化。

最近在 YouTube 上搜索有关鲁汶的视频，发现有一个视频 *Fiere Margaret*。这是流传在鲁汶的一个古代传说，贞女玛格丽特被一群暴徒杀害，抛尸代勒河，但河水倒流，群鱼相托，玛格丽特又流回鲁汶，浮在水面，最后沉冤昭雪。这本来只是个故事，只有文本，最多加上 Tiensestraat 街上的一个雕像，难以激发更多的想象，人们无法回到历史中去。

但这段 3 分多钟的视频却还原了这个传说。在 2012 年 5 月末的Leuven

PHOTO：鲁汶 Eikstraat 街，光影效果呈现的是鱼儿托起玛格丽特逆水漂流的场景。

in Scene 活动中，人们在黑夜里聚集在鲁汶 Eikstraat 街上。漆黑的街上，探照灯投射下来的强光中，先是跑过一只黑猫，接着跑过一只老鼠，渲染出一种神秘、紧张又有点恐怖的气氛。紧接着传来女性的呼救、挣扎声，一具身穿白裙的女性尸体滚进灯光下（此时有女性观众捂住嘴）。接着地面开始慢慢塌陷，女人掉入坑中，紧接着，坑中出现河水，将其冲往下游，再过瞬间，尸体又回流，有鱼儿将其托起。最后，地面的鹅卵石又一块块聚拢，直至恢复原样。整个过程只持续三四分钟，并无演员在场。YouTube 上还有介绍制作过程的片段：先有一女性模特在室内做了简单拍摄，再进行 3D 扫描，其余的步骤皆在电脑中完成。这不同于电影，因为并无演员在现场做各个动作。也不同于动漫，因为所有的场景似乎都是真实发生的。更巧妙的是，在整个过程中，观众始终离整个场景很近很近，仿佛自己就是电影中的一部分。看到地面塌陷的那个瞬间，不知是否有观众下意识地后退？

这种技术在行业内被称为“三维立体投影”，先把真实场景建模到计算机，然后添上你所要的内容，最后再投射到真实的场景上，网上还可以搜索到类似的墙上绽放鲜花、大楼变形甚至倒塌等影像。这就是创新，用一种技术手段，融进一些新的元素，诠释了一段动人心魄的故事。对于学工科的人而言，这也许不是很难的技术，可创新恰恰就是化平凡为奇妙，在平凡的事物中提炼出不同寻常的东西，不是吗？

鲁汶好声音
"Voice" in Leuven

"鲁汶好声音",跟唱歌没有一点关系,这是鲁汶大学国际学生办的一份期刊 *THE VOICE*,似可译为《心声》,里头的文章基本是围绕国际学生在鲁汶的学习、生活展开的,也有关于鲁汶、比利时乃至欧洲文化的介绍,还有留学生介绍自己国家的情况。既然是国际学生杂志,所用的语言就是英语。

每一期都有一个专题,上一期的专题是"考试",而这一期的专题是"国际化(internationalization)"。封面为一女学生,戴博士帽,系"红领巾",一张脸则被一地球仪遮挡,仅露蛾眉两弯。16 开的页面,总共 30 页,内容可谓丰富,这一期分为 3 部分——新闻、专题和文化,共 17 篇文章。我们不妨从新闻标题来看是否具有国际性。

新闻部分文章为:《中国:新年新政新希望》《鲁汶和比利时全国的中国新

PHOTO: 鲁汶大学国际办创办的学生期刊 *THE VOICE*。

年庆祝》《巴基斯坦学生联盟》《对话荷兰驻比利时大使》《伊拉斯谟计划的学生可以喘口气了》《比利时收紧非欧盟学生的奖学金》《"欧猪五国"①的学生发愁入不敷出》。专题部分文章如下:《何谓国际化?》《跨越国界:必需品还是奢侈品?》《国外思考月的必要性》《伊拉斯谟在鲁汶》《鲁汶国际化的新进展》。文化部分文章如下:《嘉年华和文化交融》《弗拉芒国家主义开始抬头》《艺术界的国际化潮流》《圣诞老人的助手:黑彼特(Zwarte Piet)》《世界主义》。

从头至尾浏览完毕,不仅知识大增,连英语表达也会更加丰富。谈中国新年的部分,内容丰富,还配了舞龙、"福"字和中国领导人喝啤酒的照片,很是契合比利时这个啤酒之国的风格,可谓别出心裁。另一版面则专门介绍了一个汉语成语:和而不同(Being harmonious yet remaining different)。这可视作国际关系中的一个总准则,非常贴切。鲁汶拥有来自130多个不同国家和地区的6000多名留学生,确实需要有这么一份期刊,吐露和分享大家在这个国际大家庭中的"心声"。鲁汶好声音!

① "欧猪五国"指葡萄牙、爱尔兰、意大利、希腊和西班牙等五个欧洲国家,因其国家的首字母组合在一起为PIIGS,音形皆与PIGS相近,故有此译。

鲁汶的头脑风暴
Brainstorm in Leuven

2月4日是今年鲁汶的守护神日(Patron Saint's Day),这日子意味着一个学期的结束,是一年中授予"荣誉博士"的日子。今年守护神日的主题是"大脑",活动从全球一百余名候选人中选出了八名荣誉博士,分别是:英国的脑科学科普作家 Rita Carter,美国加州大学伯克利分校的 Leon Chua 教授(他是菲律宾的华人,中文名叫蔡少棠),匈牙利国家科学院的 Tamas Roska 教授,南加州大学的 Antonio Damasio 教授,法国蒙彼利埃大学神经外科的 Hugues Duffau 教授,哈佛医学院的 Dennis J. Selkoe 教授,以及西澳大利亚大学的 Fiona Stanley 教授。虽然大部分是脑科学领域内的专家,但第一位获得者却是一位从事脑科学普及工作的作家,可见普及工作对某研究领域的重要性。如何让领域外,甚至是普通老百姓理解脑科学,Carter 做了大量的

PHOTO:"大脑风暴日"的鲁汶大学名誉博士授予仪式,一行人从学校主楼去往圣彼得教堂。

工作，写了四五种书，因此被授予荣誉博士，且排名居首。

博士学位授予仪式非常正式。先是在圣彼得教堂做弥撒。我一大早赶到教堂边，看教堂门外站着一排穿着憨态可掬猴子装的“欢迎队伍”，头上也罩着猴子帽，看不见脸。到了10点左右，人流依次进入，校长身着长袍，但领子和长围巾则是红色，特别鲜艳。依然是长发飘逸，长脸冷峻。之后就是各位荣誉博士，皆峨冠博带，后面跟着百余人，黑色长袍，肃穆庄严。

弥撒过后才去主楼颁发学位。先是一段5分钟录像，为当选人的讲话视频或日常生活。接下来是鲁汶的提名教授对当选人事迹进行介绍，并指出其获奖理由，亦有5分钟之长。介绍多套语，但亦有清新之语，譬如鲁汶的提名教授介绍Damasio教授时，开头是这么说的：“当你和一个相识不是很久的人出去吃饭时，整个晚上都谈工作未免有些无趣。1995年冬天的一个晚上，我和一个年轻女子去约会，当时我侃侃而谈的就是那时刚读过的一本书，那就是Damasio教授的《笛卡儿的错误》，后来这个女子成了我现在的妻。”可见学者谈恋爱也与众不同，所谈的内容居然是脑科学！

之后，当选人上台，校长亦上台，拿出老花镜读奖状，再颁发给当选者。当选者发表获奖感言，此处亦无非是感谢爹感谢妈，感谢老婆，感谢家里小狗之类的老套话。获奖感言中亦不乏有趣者。Selkoe教授说，这是我第三次来鲁汶了，第二次是和鲁汶的教授合作，第一次则是我的新婚蜜月，当时我们来到比利时的这个小镇。那真是一段难以忘怀的时光啊！颁奖过后，学校对各位荣誉博士还有采访。采访的题目叫Brainstormer，这是一个别出心裁的题目。brainstorm 一词是指一群人围绕一个特定的话题各抒己见,从而激荡产生新观点,而这里激荡我们思想的恰恰是一群“大脑工作者”,他们既是“大脑风暴工作者”,也是“大脑风暴激荡者”!

活动完毕,我才想起那一排戴着猴帽的“欢迎队伍”,他们还手持一块大牌,上面写着荷兰语,借用谷歌翻译才明白,原来他们的牌上写的是:“我们要自由!”“不要用猴子做实验了!”原来,他们是一群动物保护主义者,我还误以为是欢迎者!有趣的是,主办方和反对方相互尊重,双方都表明了自己的立场:用“脑”而不是用“手”。

鲁汶的美中不足

A Flaw of the Perfect City

鲁汶已经够美了，市政厅、大教堂和图书馆的雄伟，鲁汶大学各个学院的古香古色，中世纪卵石小巷的蜿蜒曲折，街两边整齐划一的法兰德斯典型的红砖建筑，古朴与风雅相映成趣。如果说美中不足的话，我觉得鲁汶还缺一条大河。欧游经过的城市，水城如威尼斯、阿姆斯特丹，大城如巴黎、罗马、布达佩斯自不必说了，哪怕小城如马斯特里赫特、根特、列日、布鲁日、那慕尔、迪南等，都有一河穿城而过，河上有桥，河里行船，人在船上惬意地望着两岸的风景，或低头俯瞰河中的倒影，或听着那些老建筑的故事，当为游览之乐事。或是驻足桥上，俯瞰河水轻拍栏杆，或是漫步河堤，牵手杨柳岸边，各有一番滋味。若加之桥上和河边的路灯，夜间漫步，更是兴意盎然。

鲁汶也有水穿城而过，可惜的是代勒河无法行舟（有些河段既窄又浅，与

PHOTO：阿姆斯特丹运河上的船屋。鲁汶所缺的正是一条船行于上的河。

其说河，不如说溪）。圣诞期间，天气晴好，想着看看鲁汶的水和桥，于是从代勒河的入城口，沿着河走，一直走到其出城口。鲁汶的桥多是平淡无奇的水泥桥，没有石拱桥，也没有雕饰精美的栏杆。河两边常有高墙，难以穿越，有时远远看见下一座桥，但要绕过一大片街区方能走到。

但历史上的代勒河是能通船的，正是水运的发达带来了鲁汶商业的繁荣。在代勒河畔，我还看到了一个 1618 年兴建的水门遗迹，另外还有两座带有闸门的桥。这一切都表明，在几百年前，鲁汶的河是走船的。除了大学城、啤酒城，鲁汶还可以通过游船再开辟出旅游的风景来，这在技术上或许并不难，只需要把河道清淤，适当加宽，桥面抬高，加上亮灯工程，这样鲁汶北部略显破败的酒厂附近也能更加明亮和灿烂。我所在的城市杭州，运河、东河和中河的改造就是这么完成的。

不知这个城市的“政协委员”有没有上交过此类提案。当然这或许就意味着拆迁和脚手架，然而，如果有了布鲁日那么成功的河道，那么鲁汶这座古城定会展现出新颜！

与校长的情人节约会

Date with President on Valentine's Day

来鲁汶后，每过一段时期，邮箱里就会收到大学发来的“政策公告板”(policy bulletin)。此类信件，发件人为校长马克，收件人为鲁汶大学全体学生，内容则是校委员会关于学校大事的各项决议。虽然是群发邮件，但学校的一举一动，都公开公布，让学生有所了解，连我们这样的访学人员都有权知道，我觉得校方的开明是值得赞赏的。

我突发奇想，不知道校长的信箱是否有人查看，抑或是自动发送和回复的那类信箱。不揣冒昧，就给校长的邮箱写了一封信，提了一个小小请求：我马上要离开鲁汶了，能否跟校长合个影？发送完毕了，连自己也觉得好笑，校长日理万机，怎么有空来理我这么一个莫名其妙的请求呢？我没有名人崇拜的心理，不过鲁汶校长马克，我是挺欣赏的。除了他的发型和长脸外，他总

PHOTO：离开鲁汶的前夕，作者和鲁汶大学校长 Mark Waer 教授合影于校长办公室。

是那么精力充沛，微笑总是那么平易近人，没有丝毫的架子，做事总是雷厉风行。更重要的是，他似乎一直对加强鲁汶和中国高校的合作不遗余力，几乎每年都要去一趟中国高校进行访问，商谈合作事宜。在他签名的校历上，中国新年似乎是唯一一个被列入校历的外国节日，总之，他对于中国应当是抱着很大的善意的。

信发出后，就一直没有回音。一直到一周以后，2 月 8 日，我突然接到一封来信，措辞很客气，先是称呼我的名，“亲爱的斌”，西方人直接称人名，则表示亲热。接下来则说，“有没有可能在 2 月 14 日 10 点到 10 点半间来一趟。地点为校长办公室”。显然是校长助理和马克沟通过后给我回的信。我激动的心情就别提了。2 月 14 日，那不是情人节吗？

虽说是拍张照片，但按礼节应该送他一点小礼物才对。送点什么呢？写几个毛笔字吧——“智慧之乡”，因为鲁汶的校训是 Sedes Sapientiae，这句拉丁文意思是 seat of wisdom，即“智慧之座”，其实是“圣母之座”。我想将它世俗化一些，就写了“智慧之乡”，虽不是直接翻译校训，但也有某种关联。如今鲁汶大学的校名也改为 KU Leuven 了，就是想淡化其宗教色彩。

9 点 55 分，我提前来到“约会”地点：校长办公室。工作人员让我在大厅里坐着稍等。10 点整，马克果然穿着风衣准时进来，一看到我就说，你是约好来合影的，对吧？来，跟我来。校长办公室为一大套间，外间有一秘书坐着，里面则是他办公室，一条长桌，上面文件堆积如山，有两沙发。他非常和蔼，问了我的学校，学的专业。他对于中国大学非常熟悉，连大学排行榜也知晓，因其实验室恰有学生亦来自杭州，故对浙江甚为熟稔。闲聊了三五分钟之后，他叫门外的秘书进来帮我们拍张合影，恰好办公室里有一张巨大的印象派的墙画，有点像毕加索的风格。我们就在画前拍了照。

至此大概过了10分钟，我知道我不便久留了。于是告辞，并说希望将来能在中国或是在鲁汶再碰面。我对他说，或许是2025年，我一定来鲁汶看看。他马上就领会了，那是鲁汶600周年啊！在心中装着鲁汶的人听来，这些枯燥的数字就具有鲜活的含义。情人节，我跟马克在校长办公室有了10分钟的“约会”。我爱鲁汶，我爱KU Leuven，我爱马克！

咖啡屋感动夜

A Good Memory in Bebop

"轻轻的我走了，正如我轻轻的来"，徐志摩当年写这诗的时候，其实说的是大实话。他当年在剑桥，无非是一个"特别生"，只是访学而已。他在剑桥的时间也只一年，临走时，没人给他戴学位帽，他也不用办招待酒宴。的确是"轻轻的来""轻轻的走"。只不过后来他成名了，而这首以剑桥命名的诗成了中国最有名的白话诗之一，所以过了80多年后，剑桥就为他竖了一块碑。没想到当年一位"特别生"，还享受了"特别"的待遇。

我本来也是想静悄悄地就走了。访学不能算是组里的常规人员，我记得有一次合作导师将我介绍给其他学校的老师，说我是所里的guest（客人）。这在他而言，无非是说实话，再自然不过了，但我听来，不免觉得有点生分。不过咱来自礼仪之邦，按照礼节，走之前总得跟组里打个招呼，于是就跟研究

PHOTO：临行前，在鲁汶 Bebop 咖啡屋收到同事赠送的礼物"鲁汶小熊"，小熊背心上有鲁汶大学的 logo。

所里的同事说了一下，想请大家一起喝个酒。之后，在所里发了一个 e-mail，周五傍晚在 Bebop 咖啡屋，一起聚聚。

一行 9 人，走进 Bebop，于是大家点酒，我点了度数最低的 Hoegaarden，旁边的同事说，他 15 岁开始学喝啤酒的时候就喝这个，看来是“初学级”的。他则点了 Leffe。我拍拍他肩膀，今天尽情喝。过了一会儿，我们研究所的联络人走进来，并且径直走到我跟前，从手里提着的袋子里拿出一件件礼物，大大小小有 5 件，另有一张贺卡。

我顿时惊呆了。只不过想请大家喝个酒而已，我只是这里的一个 guest 啊。百感交集，一件件礼物拆开来看。先是一个钥匙环，上有鲁汶大学的校训和端坐的圣母像。其次是一张 CD，居然是图书馆钟乐的 CD！再一件软软的，打开来看是一件 T 恤，上面印着“KU Leuven，1425”，这是一件多么古老又珍贵的衣服啊！第四个是硬硬的长方体，我猜是本书，打开来一看，果然是书，封面写着 Leuven，是荷法德英四语对照版。最后一个红红的袋子，我以为是巧克力，掀开上面的纸一看，竟然是只可爱的小熊，小熊还穿着一件白色背心，背心上也是圣母像和 KU Leuven 的字样。那一瞬间，我真是惊呆了。这礼物挑选得多么合适啊，他们完全明白鲁汶在我心中是多么重要！

我也给他们准备了一点小小的礼物，送给导师的，是一幅裱好的字：“鲁汶风雅，于斯为盛。”另外给其他同事送了国内带过来的礼物：风筝和中国结。大家继续喝酒，吃巧克力。坐我边上的同事向来跟我关系比较近，他说等导师回家后，跟我说个秘密。后来他跟我说的是——他找到女朋友了，然后说，女友就是……那名字一说出来，我不禁大吃一惊，原来是兔子吃了窝边草，不知道是不是研究所里有史以来的第一对呢！祝福他们啊！这可是我在今晚感动的第二件事。

我本想悄悄地就走了。没承想，一顿无心的小酒带来了这么多惊喜和感动！Bebop 的感动之夜啊！

语言的风景
The Landscape of Languages

植物园的“中国苹果”

“Sinaasappel” in the Botanic Garden

乘车去研究所，路过植物园。看看时间还早，于是下车来，先进植物园逛一逛。

植物园花草数目种类繁多，一进门就是郁金香。植物园唯一之雕塑，是一位长裙少女，侧坐于长椅上，赤脚，左脚置于右脚上，恬静安详，似乎在观赏四周之景物。植物园本寂静，却突然来了一群穿着统一的学生，由一老师带领。见该老师，指着某树某花，念念有词，学生满脸崇敬，甚至还有掏笔记录者。可惜他说的是荷兰语，无法听懂。估计是生物老师带学生来做田野调查了。

走了一圈，终于看到一个我认识的词了，而且这植物我也认识，就是橙子。名称为 citrus，又名 sinaasappel，这也是荷兰语，但底下解释里有两个词

PHOTO：鲁汶植物园中的“中国苹果”，实是橙子，源自中国，形似苹果，故有此谓。

认识——China apple。奇怪了，橙子难道叫“中国苹果”？这句话中还有1500和Europe的字样，大意是说“中国苹果是公元1500年传到欧洲的”。

回来查证，方知中国是橘子的祖籍，公元前2500年前后就开始种植了。在植物园看到的荷兰语sinaasappel，在德语里面则是Apfelsine，都是apple和sina的组合，说的都是“中国苹果”。查了一下《牛津英语词典》，在古英语中，“苹果”写作appel，跟荷兰语、德语差不多，看来苹果在欧洲是古而有之的，最早的文献可上溯至885年。且词典中第一义项就是“苹果”。但到了1000年前后，appel的含义泛化，有了第二义项，可以表示“任意的果子，甚至类似形状的蔬菜也无妨”，尺度很宽，随便使用。这就造成了英语中的“菠萝”叫pineapple，即“松树皮一样的果子”；荷兰语中的“土豆”叫aardappel，字面意思是“地上的果子”。16世纪初由葡萄牙人传入欧洲的“橙子”，恰逢appel意义泛化之时，所以就成了China apple，当时的字面含义是“中国果子”。但之后随着科学的进步，人们意识到很多水果跟苹果不一样，所以苹果的含义又缩小了。现代英语中，苹果就是苹果，不再是别的果子了。然而由于这些历史的原因，sinaasappel和pineapple之类的词还是存留下来了。现代人看了难免觉得怪怪的。

另外需补充的是，荷兰语的“橘子”一词也来源于汉语，称为mandarijn，该词还有“汉语”之义，它们显然和英语的mandarin同源。荷兰语中，“汉语”和“橘子”共享一词，也是橘子源于中国的力证。

语言不通的痛与乐

A Taste of Dutch in Belgium

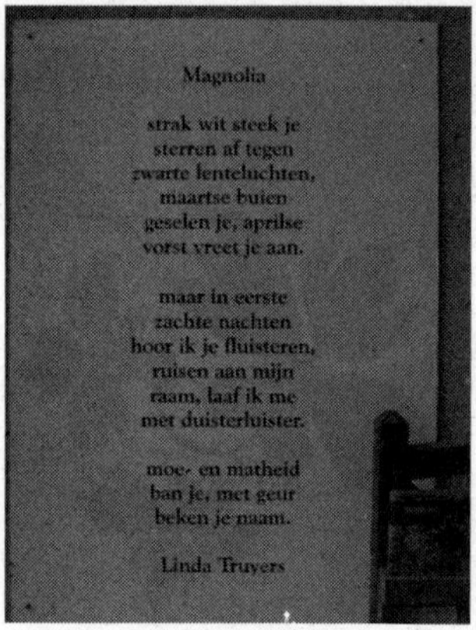

《礼记》里说:“五方之民,言语不通,嗜欲不同;达其志,通其欲,东方曰寄,南方曰象,西方曰狄鞮,北方曰译。”此刻我们身在海外,找不到寄象狄译,因为鲁汶几乎所有的地方,无论是在景区、街道,还是超市,都只有荷兰语,我们就只能如瞎子摸象一般,不停地猜。说到语言不通的痛与乐,近一个月来,已经发生了好几桩事,特记如下,以示来者。

记得刚来的第三天,要去艾晗堡找房子。看到来了一辆7路车,我没多想就上车了。我问司机是不是去艾晗堡,对方支支吾吾,可能听不懂我说啥。我只好到后面找了个座位坐下来,看着窗外一个站一个站的过去,窗外的一树树樱花怒放。后来,所到之处越来越荒凉,甚至还有火车呼啸而过,感觉不太对了,鲁汶城里好像没看到过火车道。在一个下车点,我跑到前面拿着地

PHOTO:鲁汶植物园的荷兰语《咏兰诗》,不通荷语,只当天书。

图问司机，是不是自己坐错方向了。司机看看地图，严肃地点点头，然后让我下车，到对面车站去，往回坐。他似乎还回过头跟满车的人说了一句什么，我在满车的同情眼光中下了车，然后在荒郊野外等车。那个站点我是记住了，叫 Spaanse Kroonlaan，但应该不会再去了，因为离城区都快 10 站了。

到超市里买东西也会有很多尴尬。记得第一次去买肥皂，怎么也找不到肥皂在哪。问了一下店员，哪里有 soap。貌似比国人都用洗衣机，这个词在他们的字典里根本就没出现过，她随手指着一整排的洗衣液说，这里都是啊，很自豪的样子。原来这里还真有一种牌子叫 Super 的洗衣液！还有一次，要去超市买蜂蜜来兑原味酸奶喝。可是超市里哪一个区块能见到蜂蜜呢？这个好像又不太好意思问，因为 honey 的引申义“宝贝”大概比它的原义还常用。我一排一排地找啊，字不认识，只有看着图辨认其功用。欧洲人用的酱品种繁多，在超市转了三圈，最后终于发现了一个放在货架底层的瓶子，上面画有一群昆虫垒起来一个窝，我转身拿起来就走。现在才明白小孩子看图识字的艰难。

语言不通，在超市里买东西真是痛苦。因为这里的鸡蛋分成十几种，有些 1 欧元 12 个，但有些 3 欧元只有 4 个。名字都不一样，我也无从辨认。更糟糕的是打折的时候，有一次在超市，看到花生米在打折，我看它写着两个数字 2.55 和 0.5。还有很多字啊，都看不懂。是“降到”还是“降了”？揣摸着，总不能降到 0.5 欧元吧。等我最后付账的时候，真是 0.5 欧元！

今天去家乐福又遇上问题了，看到有个降价柜台上，摆放着很多巧克力啊,写着 1.25,我就拿了一包想尝尝。结果付账的时候,是 3.99 欧元。我忍不住了,对服务员说:“大姐,让俺拿着小票进去核对一下啊。”服务员说:“可以啊,去吧,小伙子,不过俺的机器还会错啊。”我跑到巧克力打折柜台一看,傻了眼了,降价柜台上打折的东西是啥啊?但肯定不是巧克力啊,巧克力的价钱在一个很不显眼的地方,柜台的背后,刺眼的“3.99”。我不是一个斤斤计较的人,但是在语言上一天到晚被人欺负,实在是让我这个学语言的感到“是可忍,孰不可忍”!

“必须”和“如厕”
“Must” and “Toilet”

5 月末，我参加了一个在鲁汶举办的国际会议，叫作“语料库语言学会议”。什么叫作语料库呢？就是把海量的文本集中在一起，通过计算机提取文本中的词汇、结构、句法等，从而较为客观地描述语言。其间，有两场报告印象较为深刻，体现了语言研究中的“傲慢与偏见”和“理智与情感”。

一位来自芬兰坦佩雷大学的教授做了一个关于新加坡、印度、菲律宾英语中的“必须”类情态动词的分析。由他们的数据来看，就 must 一词的用法而言，表示“必须”含义的时候，比如 you must do this and he must do that，此类语义在亚洲语言中的频率还是很高的，而反观英美的语料库，作为“必须”含义的 must 频率已经大大减少。然后他们下结论说，亚洲社会还是强调等级制度，所以表示责任和义务的 must 就容易被人接受，而追求平等和民主的

PHOTO：“词云（wordcloud）”将词语的频率信息可视化，属于大数据背景下的语言研究。

西方社会，则尽量避免使用 must。结论一出，很多听众都把目光投向会场上难得的几个亚洲人，不禁让人啼笑皆非。

另一位是来自瑞典林奈大学，这位老兄专门从语料库里提取了英美人怎么表达“上厕所”的种种用法。而他研究的初衷就是英国人总是贬低瑞典人在该问题上态度非常“直接”，毫无绅士之感。他有感而发，就研究研究英美人如厕的文明程度。他从美国的口语语料库提取到“上厕所”用法 111 例，英国英语 55 例。发现英美人表达上厕所有六种方式，一是去某地，比如 I'm going to the toilet now. 二是做某事，比如 I'm gonna go pee. 三是问地点，比如 where's the little boys' room at? 四是求允许，如 Please may I go to the toilet? 五是说“我很快就回来”。六是用隐喻手法，比如 I've got to wash my face.

具体说来，在问地点时，美国人多用 bathroom 和 restroom，而英国人用 toilet 和 loo。说做某事，美国人用 pee 和 potty，英国人用 poo 和 wee。说去去就来，以及隐喻的用法，都是美国人在用，英国人则很少。美国人的隐喻用法有 deliver something（寄点什么），water the plant（给植物浇水），tummy ache（肚子疼）。相形之下，好像英国人也不怎么文雅。这位仁兄说了半天，也算是通过上厕所这事，将了英国人一军，替瑞典人挣了点面子了。做语言学，有时候也会带点“傲慢与偏见”，或是“理智与情感”，这使得语言研究变得更为生动有趣。

字母 U 和 V 的故事

The Story of "U" and "V"

8 月间，无意在网上看到一则旧闻，说是 2006 年《北京晨报》接到读者投诉说，清华大学科学馆英文拼写把 SCIENCE BUILDING 误拼成 SCIENCE BVILDING，这样神圣的建筑不应该有这样的错误。后来在 2009 年，北京的《京华时报》登出了一篇文章，题目是"清华大学科学馆英文拼写出错"，仍是指责清华科学馆的错误。U 确实写成 V，证据"确凿"。

清华的科学馆是一个老建筑，1917 年建成，到现在已有近百年历史了，可以说是清华校史的见证。众所周知，清华大学是当年美国退还的部分庚子赔款建成的，授课一律用英语，连体育课上的立正稍息也不例外，要知道体育老师马约翰是圣约翰大学的高材生，英语水平也是顶呱呱的。那么多英语大师，都曾在这馆前走过，吴宓、梁实秋、钱锺书、王佐良、许国璋，难道这些学贯

PHOTO：鲁汶大学中央图书馆曾多次毁于战火，1921 年重建时得益于美国大学的捐助，故将捐助机构的名字刻于外墙上。

中西的学者都没有发现U和V的问题？更别说还有那数百号洋人呢！

事实情况是，这并非错误。最早的时候，英文字母并没有26个，特别是U是后来才有的。V是U、W、Y三个字母的祖先，古希腊时期本没有字母U，字母V既是辅音又是元音，叫元辅共用字母。一直到中世纪晚期，才有了分化，可能因为那时候欧洲开始出现印刷术了，人们觉得有必要在书面上把这两个音区分开来，所以尖尖的V一般放在词首，而圆圆的U则放在词中，现在的have和upon两个词在当年分别写为haue和vpon。连W也跟这有关，W的写法是两个V，而其读音正是Double U。所以小小的字母U和V其实有这么一段有趣的故事在里面。

我今天怎么突然想到这个故事了呢？原因是我今天又去了鲁汶的中央图书馆。在图书馆前的广场上，席地而坐，啃三明治，估计是很多鲁汶学子永恒的记忆吧。可是在1914年8月，德国人的炮火将这近500年的积累付之一炬，1000多册手稿，800多册珍本，还有30万册图书刹那间灰飞烟灭。1921年，这里才开始建造新图书馆，设计者是美国的建筑师Whitney Warren，他把图书馆建成新文艺复兴法兰德斯风格的建筑。而且，当时馆藏的书籍多来自于美国大学的捐赠，这就是为何图书馆的外墙上刻满了美国大学的校名。而我今天无意中看到的那个大学名叫Saint Lawrence Vniversity。

这所建于1856年、位于纽约的大学，依然把校名写成Vniversity。依然是那么有趣的U和V，尖尖角像是不无揄揶地看着来往鲁汶的古人和今人。还记得小时候见一位老先生写对联，把“国”字中的“玉”写成“王”，当时嘲笑不已，殊不知这也是“国”的异体字。现在回想起来，这情景多像那些嘲笑 Bvilding 的读者啊。只知其一，不知其二的例子，生活中难道还少吗？

鲁汶南怀仁国际会议

The 11th International Symposium in Ferdinand Verbiest Institute

9月4日至7日，鲁汶大学的南怀仁研究中心(Ferdinand Verbiest Institute)举办了第11届国际研讨会，会议主题是中国天主教会史。

躬逢其盛，我也去参加了会议。大会给我最大的感受，就是中国大学里的英语老师，实在是任重道远。大陆来的学者基本很难用英语阐释自己的观点。照着稿子全文读完，就算是完成任务了，很少有互动式交流，有些稿子还是请国内的外行人士翻译的。

当然了，西方人研究来华传教士，也得过语言关，碰到像天书一样的中文，自然也免不了要摔几跤。有个德国洪堡大学的博士，做的报告非常出色，探讨的是20世纪初中国西北地区的天主教传教事业，所用的资料详尽，论证严密系统，语言流畅，叙述得体，整个报告给人以美的享受。但她其中有个材

PHOTO：鲁汶大学国际办的怀仁厅，为纪念来华传教士南怀仁所建。

料，谈到传教士在中国的传教，先在东南沿海，后至西北内陆。而她的英文中有一句是 It extended from Zhe (jiang) to Man [i. e. the north]，这句话我看了是百思不得其解，汉语里有哪个发音为 man 的字表示“北方”？看其原文，原来该句是从一句汉语翻译过来：“近来西北各省，亦浙布满，陕甘青新各省，无处不有。”“亦浙布满”译成 from Zhe (jiang) to Man[i. e. the north]，这依然是说不通的，因为汉语中的“满”只表示民族，不表地理，不会和“浙江”对举，即便表地理，也是东北，不会是西北。此外，“亦”字的语义在此处是解释不通的，勉强可用的只能是“从”或“由”。想了一会，觉得肯定是老外弄错了，这里的“浙”字应当是“渐”，“（东南各省教士遍布，）近来西北各省，亦渐布满。”则可算通顺。于是举手示意要发言，替她纠正这一小问题。

由这个“亦浙布满”，不由想起亚瑟·韦利译《西游记》的事。韦利是大汉学家了，但是也曾把“赤脚大仙”译成 red foot immortal（因为这时候字典也帮不了忙，字典就告诉他“赤：红也”），“二八佳人”译成 a beauty of twenty eight years old（殊不知在中国古代社会，28 岁的女人是典型的“剩女”了）。写到此，蓦地想起会场上一个意大利学者听到催她到点的铃声突然响起，自然地惊呼：“吓死我了。”那一声纯正的“吓死我了”博得了满堂的喝彩，因为只有这一句比她那“意大利英语”容易懂。

绝妙好词 Chinamur

Chinamur: A Smart Word

前几天在“鲁汶心情”论坛上看到一则新闻：“2012 年 10 月 21 日，由中国驻比利时使馆教育处主办、比利时那慕尔中国学生学者联合会承办的第四届 CHINAMUR 学术研讨会在那慕尔大学成功举行。”

文中的 Chinamur 真是一绝妙好词，应当是出自一个聪明脑袋的灵机一动。Namur(那慕尔)是比利时南部一省，省会亦以其为名，我 6 月曾去过。虽曰省城，但不大，一河穿城而过，河上有坝，河中有洲，河边有堡，登堡可观全城，风景绝佳。有趣的是该地名中有两字母和中国的英文 China 恰好重叠，根据数学中的合并同类项规则，可把相同部分提取出来，语言也不例外，讲究经济原则。如果我们要表达中国和那慕尔之间的互动和交流，Chi(na)mur一词就应运而生，比起 China and Namur，或 China-Namur，

PHOTO：那慕尔小镇迪南，古桥上两排五颜六色的萨克斯管，为的是纪念萨克斯管的发明者，出生于迪南的阿道夫·萨克斯（Adolphe Saxphone）。

既节省空间,又别出心裁。不知道有多少地方羡慕 Namur,小小一座城,只因名字取得巧,就和中国"无缝对接"了。这一类词在语言学上称为"缩合词",英文叫作 blending,其实质就是在两个词里找出相同的部分,再合并同类项而已。

国名能和中国顺利对接的,还有印度(India),Chindia 一词就是一些有识之士将 China 和 India 两词缩合而成的,是印度的商务部长兰密施(Jairam Ramesh)在其著作《理解中印一体:对中国和印度的反思》(*Making Sense of Chindia: Reflections on China and India*)中首先使用的。后来美国《商业周刊》封面上也出现了该词,之后还有另一本出版物《中印一体:中国和印度如何改革全球经济》(*Chindia: How China and India are Revolutionizing Global Business*)。Chindia 这个新词把 China 和 India 变成了一个不可分割的整体符号,也可译为"中印大同"或"龙象共舞"。此时看来,其实 Chindia 还有点瑕疵,不如 Chinamur 那么完美,不过由于 Namur 的城市小,也注定这个绝妙好词只能在小范围流行,难以登上《牛津英语词典》的大雅之堂。

说起那慕尔,想起上周末趁着天好去了趟迪南,那是那慕尔辖区内的小镇,真的是小镇啊,一条河穿过小镇,河边有座教堂,教堂后则是城堡。登堡俯瞰小镇,或远望对面的秋日山林,则别有风趣。教堂前有一桥,桥上两排萨克斯管,五颜六色,煞是美丽。为何会有萨克斯管迎接远方来客?原来此地为萨克斯发明人之故乡,每两年 11 月都举行"萨克斯节",上千高手云集于此，吹响萨克斯管。然此刻秋日里甚为宁静，唯江水甚浑，但两岸房屋风格齐一，皆为百年建筑，倒映其中，却也美丽。比国南部，山清水秀，颇似江南小城，然寂静犹过之，居家靠河，闲看天外云卷云舒，近观河里潮涨潮落，偶有萨克斯声随风吹起，不亦快哉？

索绪尔与大黑狮

Saussure and Delhaize

公元 1857 年，在离鲁汶不是很远的瑞士日内瓦，诞生了索绪尔。日内瓦有山有湖，山是雪山，湖是大湖。索绪尔是一个天才少年，据说早在 14 岁的时候，就初露峥嵘，表现出语言方面的天赋了。而且天才的神话一直延续，到 1878 年，21 岁的索绪尔发表了第一本语言学著作《论印欧系语言元音的原始系统》，在学界一举成名。1880 年他以论文《论梵语绝对属格的用法》获德国莱比锡大学最优生博士学位。

后来，他任教于自己家乡的大学——日内瓦大学，教的课程为“普通语言学”。也许他太精益求精了，上了十几年课，也没把它编成教程，但显然索绪尔很满足于自己的教学生活，不急着将其出版，虽然这是一本教材，但事实上是他的生命总结。一直到他去世之后，才由听过他课的两位学生，把笔记稍

PHOTO：鲁汶超市 Delhaize 的标志，形同狮子，中国人称之为“大黑狮”，音亦似。

加整理，于是有了语言学界著名的《普通语言学教程》，有了20世纪的结构主义语言学，索绪尔也被冠以“现代语言学之父”。

天才语言学家的主要观点是什么呢？其中有一点就是，他认为语言的形式和意义之间的关系是任意的。比如一匹马，英语叫horse，汉语叫“马”，这个语言符号和它代表的动物之间有关系吗？索绪尔认为是没有必然联系的。如果当时人们碰巧把马称为deer，那么后来人就会用deer来指马，即“指鹿为马”。

索绪尔的观点当然不错。不过有时候，词语的形式和意义会有些莫名其妙却又美妙无比的巧合。比如比国著名的超市Delhaize，其标志是一头大黑狮，不知其来源是什么。假设一未受过教育的中国人来到比国，看到这一超市标记，他也许会很自然地说“大黑狮”超市，而他的比国朋友会很自然地反应过来说，是啊，是Delhaize超市。Delhaize，大黑狮，发音如此相似，而且标记就是头大黑狮子。难不成，生于1867年的Jules Delhaize创办该超市的时候，就想到他的名字在汉语里发音是“大黑狮”吗？这个超市如果到中国去办分店，倒是不用考虑译名的问题。

用Delhaize、大黑狮及黑狮的标记去衡量索绪尔的任意性观点，我们能说这个语言符号和它所代表的东西一点联系都没有吗？Delhaize先生也许会说，“未必未必，你看我这个超市，在美国、比利时以及中国都叫作‘大黑狮’呢！”在天国，索绪尔碰上比他小10岁的“大黑狮”先生一定会吵得不可开交，最好他们身边还有个中国人！

译个姓，大不易

Translation of Chinese Names

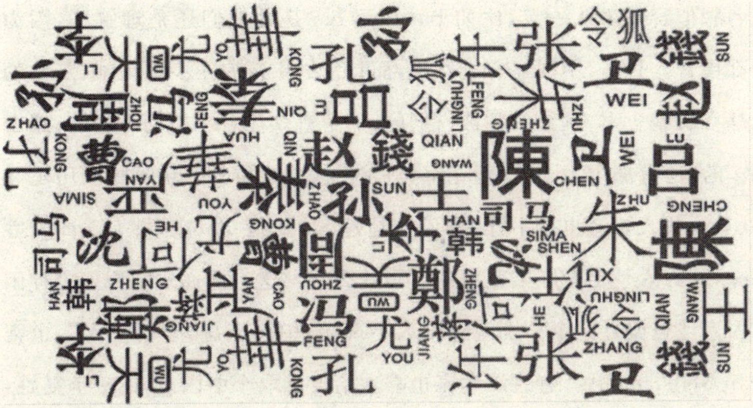

这期的鲁汶国际学生期刊 *THE VOICE* 第一篇介绍中国，谈到中国人姓氏学习之难，堪称有趣。

西方人很难区分中国人的姓和名。西方人是姓后名前，我们是姓前名后。所以每次说到 first name 和 last name，我总是转不过弯来，习惯说 family name 和 given name。问题是中国人有百家姓，实际上还远超这个数，碰到单名的情况，西方人是很难区分我们姓甚名谁。举个简单的例子，李白（Li Bai），好不容易记住了 Li 是姓，Bai 是名。可是第二天出来个白居易（Bai Juyi），Bai 又变成姓了。其他如杜甫（Du Fu），王勃（Wang Bo）啊，更加难以掌握，不知哪个是姓，哪个是名。看到 Cao Cao 这样的名字肯定更会大呼奇怪，他一定会追着老师问："老师，我知道你们喜欢把单名重复叫的，这个 Cao

PHOTO：百家姓为中国文化的独特部分，要传译，不容易。

Cao 姓啥呢?”中国人注定要被他们弄得啼笑皆非。

双名貌似容易辨认一点,比如 Bai Juyi,Bai 是姓他们还是理解的,因为姓一般都单音。且慢,中国还有复姓呢,而且复姓中还有不少名人呐:复姓的人貌似都喜欢编史书,砸缸的和被宫刑的;那个喜欢摇着一把羽毛扇的;那个号“醉翁”的;还有那个为了练《葵花宝典》付出惨痛代价的。讲到中国历史和文学,以上这些人物避也避不开,你说他是姓 Sima,姓 Zhuge,姓 Ouyang,姓 Dongfang,西方人一定会睁大眼睛问:“为什么呀?”这时候你一定要气定神闲地说:“因为他爸就姓这个。”别说外国人不理解,中国人翻译“司马光”,也常常写成 Si Maguang 啊。有些汉学家也喜欢给自己取个中国名,还带个复姓:宇文所安。第一次看到这个名字,还以为是个抡大锤的,结果是个研究唐诗的美国人:Stephen Owen。前几天此地有报纸提倡要用中文来代替拉丁语作为中学生的选修课。随着中国之崛起,对大多数人而言,中文当然比拉丁语更实用。不过,要学好中文真不是一件容易事,估计比拉丁文还难学。你看,光一个姓,就这么复杂,学了两三个月还不一定弄得明白呢。

《基度山伯爵》汉译随感

On the Chinese Translation of *The Count of Monte Cristo*

因了去马赛的缘故，又想起儿时看过的小说——《基度山伯爵》，于是想下载小说看看。有一部不知是谁译的，其中男主人公译名为唐太斯，蛮不是味儿，就像是少小离家老大回，旧时雕梁画栋，如今已是断壁残垣。记得我小时候读的版本，主人公叫邓蒂斯啊。于是顺着邓蒂斯检索才找到当时的译本，读着方才够味。译者叫蒋学模。

信息时代，自不难查出谁是蒋学模，然而结果叫我大吃一惊。生于浙江慈溪的蒋学模并不是专业的外语人士，他是一代经济学名师、复旦大学经济学院教授，是在中国介绍马克思主义经济学的第一人。他主编的教材《政治经济学》，是改革开放 30 多年来，数代大学生必读的教科书，如今已是第 14 版，共发行 1800 万册。粗略计算，相当于每 70 个中国人手中就有

PHOTO：坐在“邓蒂斯号”上远眺马赛港外伊夫岛——基度山伯爵的伤心地。

一本他的书。他翻译《基度山伯爵》是在 1947 年前后，译成之后吸引了数以千万计的中国人。有趣的是，蒋先生翻译的《基度山伯爵》是从英文转译的，而不是从法文直接译。

经济人士译文学书，此奇一；非直接译，而从另一种语言转译，此奇二；翻译的时代距今已过去 60 多年，此奇三。3 种不利因素加在一起，已经足够让这本译作“大江东去浪淘尽”了。然而历史偏偏跟我们开了玩笑，直到现在，我还偏执地去找这个译本来读，就像是钱锺书偏好读林纾的译本一样，尽管后来已经有了近 20 个译本，尽管那些译者中也有法国文学研究的名宿，诸如周克希、韩沪麟、郑克鲁等。显然，蒋译本有其永恒的魅力。怪不得，人们称蒋学模是“经济学领域永远的‘基度山伯爵’”；怪不得，人们说他两本书影响了几代人，两本书代表了他一生。

我们不妨看看开头的两段，以蒋译本和我手头早先下载的译本，做个小小的个案比较：

[蒋译本]

一八一五年二月二十四日，避风堰了望塔上的守望者，望见了从士麦拿经过的里雅斯特和那不勒斯来的三桅大帆船埃及王号。了望塔上发出了讯号，并立刻派出一位领港，绕过伊夫堡，在摩琴岬和里翁屿之间上了船。

圣·琪安堡的阳台上挤满了看热闹的人。在马赛，一艘船的进港始终是一件大事,尤其是象埃及王号这样的船,船主是本城人,船又是在佛喜船坞里建造装配的,就更吸引人的注意。

［译本二］

一八一五年二月二十四日,在避风堰了望塔上的了望员向人们发出了信号,告之三桅帆船法老号到了。它是从士麦拿出发经过的里雅斯特和那不勒斯来的。立刻一位领港员被派出去,绕过伊夫堡,在摩琴海岬和里翁岛之间登上了船。

圣·琪安海岛的平台上即刻挤满了看热闹的人。在马赛,一艘大船的进港终究是一件大事,尤其是象法老号这样的大船,船主是本地人,船又是在佛喜造船厂里建造装配的,因而就特别引人注目。

译本二是90年代的译本,却偏偏用“告之”“即刻”“终究”这样带点文气的词语去破坏整体的白话叙述。“立刻一位领港员被派出去”(蒋译本为“并立刻派出一位领港”)显示出译者对汉语句式把握得不够,以至于句法欧化而不自知。蒋译本的“岬”“屿”“船坞”显示着用词的精到,然而又是那么行云流水,不露痕迹。更不用说后来者译本中借鉴蒋译精彩之处,比比皆是。

复旦大学的陆谷孙先生曾回忆蒋先生的翻译:

虽然蒋先生翻译的《基度山伯爵》是从英译本转译而来，但这丝毫不影响他的译本的可读性，我认为翻译得很好，读上去很舒服。我最初读的《基度山伯爵》就是他的译本。记得那是上世纪50年代，至今我依然记得小说中的一句话，小说中基度山伯爵伪装成英国人，蒋先生这样翻译道："他迈着大不列颠子孙特有的步伐……"非常妙！后来在复旦大学，有一次我问蒋先生，他这样一个经济学家为什么当初想到翻译《基度山伯爵》，蒋先生对我说，他就是喜欢这部小说，"高深的小说我看不懂，我只看流行的小说。"有些人批评蒋先生的《基度山伯爵》从英文转译所以不正宗，我不这么认为，这不影响译本的质量，至今我读上去还津津有味。

的确如此。至此我对文学翻译界一些所谓的颠扑不破的真理产生了怀疑：

(1)直接译是否一定比转译好？转译是否一定不如直接译？这个原本一向是肯定的问题，实际上却要复杂得多。

(2)翻译没有定本吗？有人认为，译语语言在变化，再好的译本注定还得被淘汰，所以翻译无定本。乍一听，也有道理。然而从蒋译本来看，未必如此。闻一多认为，50年是检验文学作品的一个标准，比如《雅舍小品》50年后还有人读，这就是经典。蒋译本60年后仍有大量读者，这难道不可以称之为经典么？

（3）非专业人士的翻译一定逊于专业人士吗？学院派的译本一定是更忠实原著的吗？忠实原著就是好译作吗？这些都不是能简单回答的问题。

最后一个问题，不仅涉及翻译，而且涉及对所有文学作品的评价。只要提到大仲马，人们都冠以通俗小说作家之名，认为其作品的伟大程度不如雨果。然而如果作品能给人带来启迪、愉悦和力量，为何又要在所谓的“伟大”上苛求作者呢？蒋先生曾谈起70年的治学经历，凡遇到困难时，他牢记着大仲马《基度山伯爵》这本书的最后一句话：人类的一切智慧包含在4个字里面：“等待”和“希望”。换句话说，正是基度山伯爵不怕挫折的精神，鼓励着他跨过一个个难关，登顶中国经济学界的高峰。我们读《红楼梦》，谁不是在黛玉进荣国府的忐忑、螃蟹诗的风雅、宝玉哭灵的真情中，体会曹雪芹的伟大？只有戴着墨镜看书的人才会从租户向官府交租的清单上看出封建社会的剥削制度呢！

I **am**sterdam

Amsterdam: I Am Sterdam

阿姆斯特丹(Amsterdam)的得天独厚之处,首先是在它的名字。荷兰有很多城市是以 dam 结尾,大的有 Amsterdam、Rotterdam,小的则有 Edam、Monnikendam、Schiedam、Maasdam、Alblasserdam、Appingedam 等。译成汉语,"阿姆斯特丹"听着是一个不可分解的词,但事实上它是两个词(amster 和 dam)组合而成的复合词。dam 意为"水坝",所以这些以-dam 结尾的城市,早先时候无非就是一座小水坝。阿姆斯特丹就是阿姆斯特河上的水坝。

Amsterdam 似乎还不仅仅由两个词构成,因为它以 Am-开头,而 am 恰恰也是一个英语词,所以如果歪曲其词源,则 Amsterdam 似可分解为:Am+ster+dam。要知道 am 在英语中是非常重要的一个词,其意义为"存在"。笛卡儿那句有名的"我思故我在",英文就是 I think,therefore I am。am 置于句

PHOTO:阿姆斯特丹博物馆广场上的 **I am**sterdam 标志,因在池边,水波平静时,可见倒影。

尾颇有一种舍我其谁的豪气，这句话中的 think 可替换为一切表示人类活动的动词，只要看你强调什么，比如 translate、run、eat、drink、dream、shop、tweet、feel、travel、share、blog，等等。

阿姆斯特丹当然不会放弃这么好的一语双关的机会。在阿姆斯特丹，我发现两处写着城市名字的广场，大大的字：**I am**sterdam，其中的 **I am** 是红色的，而其他字母则是白色，以示区分。这种独一无二的文字游戏，唯独在阿姆斯特丹可以玩，这是上帝对此地的恩宠。那是充满豪情的宣告：我为阿姆斯特丹，言外之意：独有我是！雕塑一处是在阿姆斯特河边的埃米塔什博物馆前，另一处则是在城外的博物馆广场上。一处前方有大河，一处前方则是水池，故可以看到这 10 个红白字母在水中的倒影。

谁会错过在这个绝妙文字游戏前拍张照的机会呢？你永远都不用发愁如何摆姿势。可以站到 I 和 a 之间，填补其空隙；或是爬到 a 或 m 上头，振臂一呼；不妨在 e 或 t 的尾巴上一坐；或是在 d 或 a 的肚子里躲藏。当然更有趣的是几十人的集体照，我在博物馆广场见到的景象就是如此，班长一声令下，然后二十几号人蜂拥而上，每人的姿势各不相同，和这个有趣的城市名字相映成趣。

波兰语中的“中国”和“北京”

“Chiny” and “Pekin” in Polish

研究所来了个波兰的访问学者，第一次见面，很自然就谈到国家和学校。她的学校叫作 Adam Mickiewicz University，是个诗人的名字。Adam Mickiewicz，即亚当·密茨凯维奇，波兰浪漫主义的代表作家，波兰 19 世纪最伟大的诗人、革命家。西方大学的命名跟我们截然不同，常用人名，这在中国大学中则较为罕见。

说起国家，她说“中国”在波兰语中写为 Chiny，有时也可简写为 Chin，发音和英语的 China 发音不同，[i]发短音，和 bit、big 相类似。波兰语中的 Chiny 倒是跟这个词的源头，即汉语的“秦”发音更为接近。遥想当年，西方人就是从丝绸之路的驼铃声中，知道在遥远的东方有那么一个神秘的国度，叫作秦。哪怕它后来改朝换代，到了两汉，到了魏晋，西方人的脑海里还留着那个朝代的名字：

PHOTO：波兰波兹南的 Adam Mickiewicz University 的标记。UAM 为该大学波兰语校名的首字母缩写。

秦。虽然后来的“唐朝”也为他们所熟知,但最早的名字还是一直沿用了下来。

她还问起北京的说法,说波兰用 Pekin。Pekin(g)是威妥玛式拼音中的“北京”的说法,威妥玛式拼音是中国未推行汉语拼音前,西方人通用的汉字拉丁字母拼音方案。那时西方人对北京的叫法,一律是 Pekin(g)。为什么会和普通话有一定距离呢?可能是因为当时在华人士先接触到的是南方地区,南方方言,如粤语称“北京”和 Peking 的发音类似。本来 Peking 的说法已经约定俗成,也无妨作为定名,但到了 1979 年,应中国政府要求,联合国秘书处发出通知,采用汉语拼音作为在各种拉丁字母文字中转写中国人名和地名的标准。因 Peking 一词有殖民主义的痕迹存在,所以外宣部门一律要求使用Beijing。到了 20 世纪 80 年代,美国和英国的报纸也开始逐渐转变了,用 Beijing 来代替 Peking。Peking 至今在英语中还有一些残留,比如 Peking University(北京大学),Peking Opera(京剧),Peking Duck(北京烤鸭)等。

不过波兰人仍沿用原先的 Pekin 一词。查谷歌翻译看“北京”在各国中的音译,煞是有趣。英语和荷兰语中的北京译为 Beijing,而法语和德语仍是 Pekin;北欧四国,丹麦和挪威是 Beijing,而芬兰和瑞典为 Peking。最后看看语料库中的英语 Peking 一词的命运吧。在美国的历史语料库中可查得,Peking 一词最早的使用出现在鸦片战争的 1850 年前后,到 20 世纪 60 年代和 70 年代达到顶峰,至 80 年代使用频率快速下降,到了 21 世纪,其使用频率只有 70 年代的 3%。而且除了那“那校,那剧,那鸭”之外,几乎不太使用了。

异乡的文化
Culture of the “Other”

周末国际吃货团

Potluck Party on Weekend

西方人经常举行的一种聚会叫作 Potluck Party，主人准备场地和餐具，而参加的人自带一道菜来和大家一起分享，至于 potluck 这个词，则是 pot（锅）加上 luck（运气），意思是“锅里有啥吃啥，看你运气”，常用来表示给客人吃的家常便饭，也用来指“自带食品聚餐”，别人带什么就吃什么，依然是“家常便饭”。

上周末接到研究所同事的信，也去参加这样的一个聚会，地点在安特卫普。信中说，每人需要准备一个自己的家乡菜，否则不准参加。做点什么呢？家里带过来的只有木耳，匆忙做了一个木耳炒肉。去了之后，发现人到得比较齐，算上主人小两口，共 10 人。比国 4 人，中国 3 人，西班牙 2 人，意大利 1 人，说是“跨国聚餐”，也不为过。

PHOTO：周末国际吃货团成员所烹饪的意大利“小蚕面”。

有些人是买了材料现做的。做的过程也蛮有意思，意大利女孩做的东西比较复杂——提拉米苏蛋糕，还有一种像蚕一样的面条，和面的过程也和中国人大同小异，先是做成一个面饼，扯一小团面，然后在手掌中搓成小虫状。一西班牙女孩做的是土豆鸡蛋饼，她把土豆捣成泥，6 个土豆加 6 个蛋，然后加入糖做成饼，味道还不错。中国菜除了我的木耳炒肉外，还有鸭肉、卤牛肉、鱼以及羊肉粉丝汤。

西方人进餐分成很多道。第一道有羊肉汤，味道鲜美，里面放了枸杞；还有一杯西班牙的西红柿冷汤，名叫 Salmorejo，里头大概有 8 种食材及调料，包括西红柿、鸡蛋、火腿、面包碎、大蒜、橄榄油、醋和盐。接下来就是第二道了，土豆鸡蛋饼、鱼、牛肉、鸭肉和木耳炒肉。再就是主食了，中国的黑米粽、意大利的“小蚕面”。最后一道是甜点，就是提拉米苏，上头有一层可可粉。

气氛挺融洽，我们也喝了点鸡尾酒——金汤力(GinTonic)。倒 1 盎司的金酒到杯中，再放入冰块，加 1 片柠檬，然后再加入大半杯饮料(饮料名叫 Schwepper，是一种日本碳酸饮料)，我也尝了几口这样调制的鸡尾酒，味道还不错。

这就是周末的国际吃货团，就在觥筹交错之间，我们也见识了各国的美食文化。

鲁本斯、金尼阁和杭州

Looking East: Painter and Missionary

今晚读着鲁汶汉学系主任钟鸣旦的一篇文章《中欧“之间”和移位——欧洲和中国之间的图片传播》，文中提到一句话，让我这个有考据癖的人顿时眼睛一亮：“金尼阁是第一个从中国回到欧洲的传教士，所以受到了很多人的欢迎。比如说他去了比利时安特卫普，著名的画家鲁本斯还为他画像。”

我前天刚参观过鲁本斯的故居，没承想这位安特卫普城市的“人大代表”和中国会有什么联系。再说另一位人物——金尼阁，这可是我 10 年前在典籍英译的课上，曾经听老师提起过，说他曾把中国的“五经”翻译成拉丁语介绍到西方。稍稍一查金尼阁（Nicolas Trigault），更让我大吃一惊，原来他 1577 年生于杜埃（Douai），该地距离鲁汶约 150 公里，现属法国，当时则属于西班牙统治下的比利时。所以他在编辑出版《利玛窦中国札记》时，在封面上

PHOTO：比利时名画家鲁本斯笔下的金尼阁画像，现藏于纽约大都会博物馆。

就明确自署“比利时人”。

金尼阁于1610年前后至澳门传教，后前往内地，先被派到南京。当时杭州人李之藻和杨廷筠都在朝廷做官，他们对天主教很感兴趣，所以当时的杭州成为南方传播天主教的中心。金尼阁于1611年5月7日来到杭州，次日，即在李之藻宅邸举办了杭州历史上的第一台开教弥撒礼。

之后不久，金尼阁住到杭州武林门附近的杨廷筠家中。1611年的6月，年逾五旬的杨廷筠接受洗礼，从一名虔诚的佛教徒转变为天主教徒，并捐出一块地造了杭州的第一座天主教堂，就是现在武林广场边上耶稣堂弄口的天主教堂。去年的圣诞节，我还和家人坐在那里，想感受一下西方人的圣诞气氛。那时候我们不知道，400年前，恰好一位比利时人也坐在那个位置。而时空交错，几个月后，我来到了他的故乡。

金尼阁后来去了北京，搜集利玛窦的遗稿，传教足迹遍及6个省份。1613年他从澳门坐船打算去罗马觐见教皇，到了印度又改走陆路，历尽艰辛，历时1年半之久方才抵达。其间将《利玛窦中国札记》从意大利文译成拉丁文，遂使得西方人在华传教史为当时人所知，在欧洲掀起了“中国热”，他也成为欧洲的英雄，广受欢迎。他于1617年回到家乡，和家人团聚，之后还去了布鲁塞尔，进谒西班牙公主，或许就是在那期间，历史记载是1617年的1月17日晚，鲁本斯给匆匆路过的金尼阁画了一幅24.8厘米×44.6厘米的画像。是这位传教士想给自己的沧桑经历留下一个记录，还是大名鼎鼎的画家对王者归来的传教士的仰慕？我们不得而知，然而历史让这两位人物在安特卫普相遇了，于是给我们后人留下一个惊喜。

画像中的金尼阁峨冠博带，穿着装束像明朝士绅，面容慈祥，但也透出坚毅。画像的右上角有几行文字，是拉丁语，从英文译文来看，是鲁本斯对所用色彩的一个解释："中国学者一般并不着黑衣，此专属传教神父所用。中国人衣着并非一色，乃多色，但黄色除外，因其为皇帝所独享。唯有脸面，稍用蓝色涂抹。"画像一直在金尼阁的家乡杜埃的民间收藏着，直到 1999 年才被发现，后被纽约大都会博物馆收藏。

故事还没结束。1618 年金尼阁带着 22 位耶稣会士(其中有一位名叫汤若望)，偕同教宗赠书 7000 余部再次前往中国。据金尼阁本人估计，所收书籍和仪器在离欧时价值为 1 万金币，为此，他拟定了一个庞大的翻译计划，联络了艾儒略、徐光启、杨廷筠、李之藻等中外人士共同翻译出版这些书籍。今人向达称这一举动"比之玄奘求经西竺，盖不多让"。他一路又颠沛流离，最后抵达中国时，只剩下 5 人。金尼阁后来在中国多处传教，1625 年，他正好在陕西，恰逢《大秦景教流行中国碑》出土不久，便将其碑文译为拉丁文，并寄往欧洲。1627 年，他复回杭州，住在杨廷筠家中。直到 1628 年，在一次举行弥撒圣祭后，他跪地祷告，就一直没站起，原来金尼阁神父那一刻已经把灵魂交给上帝了。此时距他留下画像仅过去 11 年，也许当他站在鲁本斯面前，就曾预见，这可能是他今生最后一幅画像。之后，他被葬于杭州西郊老东岳桃源岭麓大方井的天主教司铎公墓。我每次开车去汽车站都会路过那里，每次都想应该进去看看他们。然而，每次都，没有停。

鲁汶、卫匡国和留下

Martino Martini: From Leuven to Hangzhou

公元 1654 年，在中国是顺治十一年，这一年江湖上风平浪静。然而，在比利时，在鲁汶，却有三个年轻人的命运从此改变了。随他们而改变的，还有欧洲人眼中的中国，以及中国人眼中的欧洲。

1654 年，返回欧洲后的意大利传教士卫匡国（Martino Martini）在鲁汶做了一场慷慨激昂的有关在中国传教的演讲。具体演讲的地点，是在鲁汶大学的主楼，还是在神学院，我们不得而知。总之，有 3 位鲁汶大学的年轻学生听得热血沸腾，下定了去遥远的中国传教的决心。他们是南怀仁、柏应理（Philippe Couplet）和吴尔铎（Albert d'Orville）。有关南怀仁，我们前文曾叙述过，兹不赘述。

柏应理出生于鲁汶北面 20 公里外的小城梅赫伦，当时在鲁汶大学学习

PHOTO：卫匡国画像，其手中所指为中国地图。

哲学和神学。1656年，柏应理从里斯本登船，历时3年抵达澳门时，同行8人中只剩下了3人。柏应理是中西文学交流史上的重要人物，他把“四书”翻译成了拉丁语，1687年在巴黎出版了《中国贤哲孔子》(*Confucius Sinarum Philosophus*)一书，这是17世纪欧洲介绍孔子及其著述的最完备的书籍。该书第一页有孔子像，慈眉善目，神情严肃，似在祷告，像耶稣而不像孔圣人。

另一鲁汶学生吴尔铎，则出生于布鲁塞尔，当时也在鲁汶学习神学。1657年，他和南怀仁一起跟随卫匡国从里斯本历时一年多来到澳门。后来去陕西传教，之后又去了北京。他最大的贡献就是绘制了第一张西藏地图。1661年，他陪同格鲁伯神父回罗马述职，打算通过陆路去欧洲。该新路线始于西宁，至拉萨，然后翻越喜马拉雅山，穿过尼泊尔，取道印度去往欧洲。他们使用星盘，较为精确地测量了路经各地的经度和纬度。毫无疑问，这是历史上首次使用科学仪器测量西藏的土地，从欧洲人的角度强力证实了西藏自古以来是中国不可分割的一部分。然而不幸的是，吴尔铎在路上身染重病，于1662年后死于印度的阿格拉。而30多年后，他的小伙伴柏应理在二次来华途中，也是在印度被船上重物击中而死。也许当他们1654年决定走向那遥远的东方国度时，就没想过要回来。当他们在某个清晨离别家乡的时分，他们耳边响起的不是亲人的不舍与嘱托，而是1654年卫匡国那慷慨激昂的演讲。演讲者最后也没有魂归故里，卫匡国的最后落脚点是在杭州西郊老东岳大方井天主教司铎公墓。那块地方在地图上叫“留下”，他终于永远地留下了。

马克思与天鹅餐厅

Karl Marx and La Maison du Cygne Restaurant in Brussels

2012 年 7 月里的一天，接到中学班主任的短信，说路过布鲁塞尔，夜宿布市，遂邀其一聚。一起来到布鲁塞尔大广场，便到市政厅边上的天鹅餐厅吃饭。上次来布鲁塞尔就偷偷地拍过餐厅橱窗里的标价，没想到还没到 1 个月，就来尝味道了。

天鹅餐厅鼎鼎大名。看其结构，无非是外墙镶金边的一座五色小楼。门上方有只白天鹅雕塑，嘴角、脚蹼和翅膀皆金黄色，头朝上，做引吭高歌状，翅膀大张，做振翅欲飞状。天鹅餐厅并不是吃天鹅肉的地儿，而是一个“幽灵”的诞生地。“一个幽灵，一个共产主义的幽灵，在欧洲徘徊”——这里是 1847 年马克思和恩格斯写《共产党宣言》的地方。遥想当年，马恩或许就是抽着雪茄，喝着啤酒，完成这部影响人类历史进程的著作的。有趣的是，我们坐的一

PHOTO：布鲁塞尔大广场上的天鹅餐厅，马克思起草《共产党宣言》处。

个位置，椅子后面的墙壁上居然刻着 Karl Marx 的字样，难道这就是当年老马坐的位置？

说到马克思，想起刚进高中，第一堂英语课就是讲 Karl Marx 是怎么学英语的，第一句至今还印象深刻：Karl Marx was born in Germany, and German was his native language. 这次英语老师没来，否则他可以当堂背诵一遍课文的，可惜我只能记起一句了。18 年前在中学课堂上学马克思，18 年后坐在马克思当年喝酒的地方喝点酒。貌似经过了 18 年，生命就轮回了一次。而人生转不了几个这样的圈，就把我们都转到马克思那里去了。

有种比菜叫海虹

Mussels in Brussels

2012 年 7 月 21 日比利时国庆日时谷歌图标所列举的，是比利时有名的 6 种食物。第一是比利时国菜青口（或叫海虹）；第二是比利时国菜炸薯条；第三是比利时国菜苦苣；第四是比利时的巧克力；第五是布鲁塞尔甘蓝；第六是比利时著名的华夫饼。巧克力就不用说了，Godiva、Neuhaus、Leonidas 什么的，听得耳朵都起茧了。薯条也是随处可见，街头有不少小店，专卖薯条，超市里也有整袋薯条，还有卖专门炸薯条的油的。苦苣我也尝过了。华夫饼也是街头小吃，味道像是小时候吃的鸡蛋糕。

因为明天（8 月 15 日）是圣母升天节（Assumption Day），所有的店都关门，于是赶紧到超市买点吃的，冷不丁就看到打折的海虹。超市的海虹都是用四方的小盒子密封装好，1 公斤的海虹平时卖 4.5 欧元，今天打 5 折。商

PHOTO：比利时国庆日（7 月 21 日）的谷歌图标，图中为六种著名的比利时食物。

品打折无非是保质期临近，所以这两斤海虹必须在今明两天处理完毕。

比利时的海虹大多来自北海。一般说来，海虹煮成一锅汤，或是加上西芹、洋葱炒在一起，配上比利时炸薯条，再加上比利时啤酒，就是上好的晚餐了。回到家后，倒出一半，用水洗净，然后把油加热，把蒜和姜炒香，然后倒入海虹。就像以前在家炒海瓜子一样，海虹遇热也慢慢张开了嘴巴，一会儿就炒得黄澄澄的，倒入料酒、酱油、醋，不一会儿，所有海虹的嘴巴都张开了。

尝一口，味道很鲜，而且不腥。以前吃海瓜子总嫌它肉少，还没尝出味道，就已经消失在胃里了，海虹就不一样了，块大肉肥，回味无穷。海虹的英文叫作 mussels，比利时的首都叫 Brussels，mussels in Brussels 还押韵，多顺口。所以海虹能成为比利时的国菜，可能是偶然中的必然吧。

荷兰“礼节”时尚店

Rituals: Dutch Cosmetics Brand

朋友要买唇膏，于是一同来到鲁汶主街上一爿店里，店名叫 Rituals。她在里面挑选的时候，我在橱窗里看着，这护肤品的名字有意思：Tao（道）、Lao Tze（老子）、Wai Wang（外王）、Qi（气）、Qi Gong（气功）、Xiu Xi（休息）、T'ai Chi（太极）、Wu Wei（无为）、Yin（阴）。清一色道家学说的贩卖啊，难道当年骑着牛出了函谷关的老子，翻山越岭到比利时来安家落户了？其中的“外王”出自庄子的“内圣外王”，内圣指将道藏于内心自然无为，外王指将道显示于外。名字底下则是荷兰语的解释，比如 Lao Tze 的解释是：Masseer nu voor volledige ontspanning de drukpunten in je voeten met verfrissende Lao Tze voetenbalsem. 借助于谷歌翻译，原来“老子”居然是一种“足部按摩膏”。不难想象，Rituals 下一轮推出的化妆品品牌，可能还有 Chuang Tzu（庄子）、

PHOTO：鲁汶的荷兰护肤品店“礼节”，产品有“无为”“老子”“气”“阴”等，其理念正是道家文化。

Xiao Yao(逍遥)、He Xie(和谐)等。卖的是道家的思想，店名 Rituals 却是派生于 rite，即和儒家息息相关的“礼”(《礼记》即 *Book of Rites*)，可见儒家和道家在此已经融为一体了。

稍稍一查，原来这是家荷兰公司，成立于 2000 年，掌门人如此宣称：Rituals 关注生活质量。我们乐于帮助大家享受生活中的点滴小事，将按部就班的日常乏味生活变成有意义的“礼节”。谁都需要小小满足一下自己的需求。我们可能暂时买不起房，买不起车，可是谁都会买个冰淇淋犒劳一下自己。同样，我们不会老是去买兰蔻或迪奥，总会买买这种高质量却又更划算的护肤品，比如 Rituals。

哦，原来是一家在 13 个国家有 175 家分店而且不怎么贵的卖道家哲学的荷兰护肤品店！

生活是盒巧克力

Life Is Like a Box of Chocolates

看过《阿甘正传》的，都记得里面的那句经典台词：Life is like a box of chocolates, you never know what you're gonna get.（人生就像一盒巧克力，你永远不知道下一颗是什么味道。）似乎整部电影就是围绕这句话展开的。不过以前在国内还不怎么理解，为什么一盒巧克力会不知道下一颗的味道呢？记得以前也买过费列罗巧克力，整盒都是一个味道啊。

到了比利时这个巧克力国度，才体会到这句话的含义。昨天导师生日，晚间请大家去小酒吧 Bebop 喝一杯。礼物照例是巧克力，打开来大家尝，当那一盒子形态、颜色各异的精美巧克力呈现在你眼前，的确让人无所适从，不知道从哪颗挑起。每颗巧克力的味道都不同，问比国同事能否辨识，得到的回答就是：Life is like a box of chocolates. 是啊，巧克力就像是我们的生活，

PHOTO：比利时 Neuhaus 推出的蓝精灵巧克力。 Neuhaus 成立于 1857 年，是比利时最古老的巧克力品牌之一。

下一颗的味道只有在下一刻才知道。顺便说一句，比利时也是啤酒的国度，昨晚有个同事说想把比国啤酒尝个遍，导师说，哪怕每天尝一种，也得花上一年工夫。啤酒是比利时文化的一部分，导师年轻时还意气风发地对各种比利时啤酒名字做过语言学的分析，在一次有关语言和文化的大会上宣读过呢。

生活的魅力或许也在此，你永远都无法预知明天将会发生些什么。如果一切都按部就班，都已经有人安排好了——上帝的安排另当别论——那生活则了无乐趣。山重水复疑无路，柳暗花明又一村。的确如此。还记得在看《楚门的世界》电影时，为主人公楚门的生活深深地感到悲哀，所有的一切都已经预设，生活由他人导演，明天在街上会遇见谁事先都能推测出来，这样的生活还有什么意义！影片最后楚门划着船驶向大海，推门离开那个一成不变的世界，哪个观众内心不为之欢呼？谁不渴望丰富，谁不渴望多彩，谁不渴望未知？谁不想把“三”字加一竖，变成“丰”？谁不想把 routine 稍加变化，变成 romance?

最后说说这句话——Life is like a box of chocolates，you never know what you're gonna get——的翻译。因为它一语双关，但翻译成汉语则难免顾此失彼。译为“人生就像一盒巧克力，你永远不知道下一颗是什么味道”，似乎只顾及巧克力。译为“生活就像一盒巧克力，你永远不知道你会得到什么”，似乎只顾及生活。也许可以这么来译：“生活是盒巧克力，味道只在下一颗(刻)”。学究劲又上来了，还是吃颗巧克力吧。

那门，那人，那狗

The Blind and Seeing-Eye Dogs

西方人对狗似有特殊感情，牵狗上街司空见惯，而且狗也可以乘坐公交。有一次我坐在公交车最后一排，一中年男子上车，牵着一条大狗，也直奔车尾而来，主人坐下，狗亦一纵而上，且占两个座位。幸而主人坐在中间，否则我岂不一路心惊胆战？养狗大概也是西方文化的一部分，久而久之已成规矩。譬如遛狗时，主人永远都牵着狗链，任由狗随意跑的尚未见过，而且狗一般都比较听主人话，似乎很少追人或朝人狂吠。

有两种人确有养狗的必要。一是孤寡老人。在海弗莱森林里散步时，常碰到孤身老人牵着一条狗默默走，老来无伴狗作陪，也让情感有所慰藉。二是盲人，导盲犬当然是必要的。说起导盲犬，我想起了前几天在文学院见到的一桩小事。常见一男生，出入于学院。他腿脚不便，走路需要用轮椅辅助，

PHOTO：巴黎罗丹美术馆门口，“沉思者”雕像。

而且还是盲人，有导盲犬引路。那天他要出文学院，突然间，那条导盲犬往前疾跑，急的男孩赶紧大叫，“阿黄！阿黄！”阿黄跑前面去干什么呢？原来文学院的大门是很厚重的，需要大力才能推开。而靠近门的地方，齐腰高有个手掌大小的按钮，一按，门就自动打开了。只见那狗纵身一跃，爪子按在按钮上，门应声而开。我远远看着不由啧啧称奇。狗的智商不低，且为主人之忠实朋友，古今中外多有义犬的故事流传，想来确有其事。

说起盲人，我想起在巴黎参观罗丹纪念馆的一件小事了。通常宠物是不能带进博物馆的，不过那次是一个盲人由一条导盲犬带着进来了。说实话，我们看雕塑无非是走马观花，罗丹纪念馆有雨果雕像，我是离馆后才得知的。可是那位盲人，进了纪念馆，戴上白手套，满怀深情地摸着那些石膏像，鼻子、眼睛、嘴巴、耳朵，都要一一感受。他的那条导盲犬，则乖乖地伏在他脚下。想起海伦·凯勒写的《假如给我三天光明》，生活中美好的事物，可是我们明眼人却往往熟视无睹。在那个罗丹艺术馆，谁看到了真正的罗丹，体会到了真正的艺术呢？是我们这些匆匆过场的人，还是那位盲人？罗丹的名言说，世界上不是缺少美，而是缺少发现美的眼睛。其实，发现美的并非仅仅是一双物理意义上的双眼，还需要有一颗善感的心！

东西永古不相期

The Red Lantern: A Silent Film in 1919

在鲁汶看了 *The Red Lantern* 即《红灯照》，是一部无声电影，拍摄于1919年。组织者是鲁汶大学的 KADOC 机构，该机构是一个天主教文献中心。2012年9月，南怀仁国际研讨会期间，我曾进 KADOC 参观过，它藏有大量有关中国天主教的文献，其文献库区在地下一楼，里面恒温恒湿，要开多道门才能进入，仿佛地窖一般。其中的书架层层叠叠，馆主介绍，如果将其横排，则绵延数里之长。

电影讲述的是一个中西混血女子与一位在中国传教的基督教牧师之子的爱情悲剧，扮演中国姑娘 Mahlee（玛丽）者是当时美国著名影星南姗摩伐（Nazimova）。从 Mahlee 的名字也知其混血的特点，她未曾裹足，故被中国街市人群嘲笑，外祖母临死前甚至想用刀砍去其大脚，否则难以瞑目，无颜见

PHOTO：鲁汶大学天主教文献中心（KADOC）的宣传册。该机构主办了有关电影《红灯照》的小型讨论会。

地下的列祖列宗。玛丽因不堪其辱，于是自杀，但之后被一牧师之子救起，并栖身于牧师家，皈依了基督教，教一些小孩（其教书时写在黑板上的字，尤为有趣，教 abcd，底下亦注出汉字"哑、比、四、地"。教数学时，黑板上写有乘法口诀 6×2=12，则写有"六二十二"，可见早在 1919 年，这些教学法就在中国通用）。之后义和团运动开始，牧师儿子受伤回来，玛丽照顾他，后两人坠入爱河，但其母坚决不允，因玛丽非纯白人也。后牧师子又爱上玛丽的同父异母之妹，盖其为纯种白人之故也。受此打击，玛丽遂和另一混血男子 Jam Wang 苟合，直至加入义和团，并成为"红灯女教主"，试图驱赶欧人出华，然终失败，最后服毒自尽。

影片从头至尾没有声音，但有音乐，或快乐，或哀婉。对话无声，只见人嘴唇微张，偶有字幕穿插，交代必要之情节。玛丽之悲剧，恰如 Jam Wang 之言："该死的黄白混血（A cursed mix of white and yellow）"。既白且黄，非白非黄，故有身份之尴尬，归属感之缺乏，直至带来生活之痛苦，命运之多舛。我观电影，脑袋里萦绕着诗人吉卜林（Joseph Rudyard Kipling）的那句话："东是东，西是西，东西永古不相期！（East is East and West is West, and never the twain shall meet!）"电影最后玛丽凄凉自杀，荧幕上出现的正是这句话。事实上，吉卜林在影片中出现得更早，就在玛丽照顾牧师子的时候，为其念书解闷时，荧幕上清楚出现了书名，就是吉卜林的《东西方民谣》（*The Ballad of East and West*），那一细节就为电影的悲剧结局埋下了伏笔。

如今的中国当然已远非裹脚、长辫的《红灯照》时代，东西方或许不会永不相期，但东西方的文化要真正融合，恐非易事。中国人和筷子，西方人和刀叉，这是与生俱来的文化烙印。右手筷子，左手刀叉，谈何容易？

艾晗桥上爱情锁

Love Lock Bridges in Europe

每次傍晚去古堡散步都会走过艾晗堡那座无名小桥。来来回回上百次了，这几天才发现桥上的栏杆上有几把锁。今天数了一下，已经有 7 把了，以前居然没发现。锁大多是无名的，但有些还写着两个人的名字，一边是 Mary，一边是 Tom，底下再分别画一颗心。

在桥的栏杆上锁上同心锁，钥匙拔了，扔在河里，以期天长地久，永不分离，在欧洲似乎是一个普遍的信念。行走在巴黎的塞纳河边，一出罗浮宫，就走到了艺术桥，长长的桥上，两边的栏杆挂满了各种各样的锁，有的还是自行车锁，车锁下又吊着各种各样的锁，很多都写着年月日。试想过了三五十年，一对白发苍苍的夫妇再来塞纳河畔，找寻青春年少时留下的锁，回首那三五十年相濡以沫的时光，当年一个简单的举动，也给回忆增加了美丽。坐在塞

PHOTO：德国科隆霍亨索伦桥上的同心锁，桥的一侧即为科隆大教堂。

纳河的船上,仰头看那桥,那些锁的影子飘忽着,给巴黎和塞纳河增加了浪漫和神秘的气息。

在德国的科隆,有一座大铁桥,名叫霍亨索伦桥,上面也挂着密密麻麻的爱情锁。这里挂锁亦有其特别的纪念价值,因为桥头就是令人瞩目的科隆大教堂。教堂高有150多米,双塔凌云,且塔身乌黑,雄伟恢宏,虽在世界教堂中排名第三,但气势则是我见过的教堂中的桂冠。我曾在火车上瞥见世界第一高的乌姆教堂,但其塔身纤细,远不如前者雄伟。其形状之不同,让我想起了对杭州两座塔的比喻:雷峰如老衲,保俶如处子。科隆教堂也像老衲,具有深邃的历史感。教堂边则是这座莱茵河畔的大铁桥,桥有三拱,通火车,在夜色下灯光璀璨,尤其美丽。那数以万计的锁,琳琅满目,估计他们在锁下真情的同时,都向往着走进桥边大教堂中的那一刻。

再就是法兰克福,法兰克福也有一座美丽的链子桥,名叫爱塞尔纳铁桥,那是莱茵河的支流美茵河上的桥。桥上也挂着很多锁,不过密集程度不能和科隆的相比,在链子桥上可以远看法兰克福大教堂和罗马广场,是风景绝佳处。桥上还刻有摘自荷马史诗的希腊文字:“循酒色的大海前往说其他语言的种族”,昭示着桥的沟通功能。更有甚者,在德国慕尼黑,可远眺新天鹅堡的玛丽安桥上也挂着一些铜锁。这可不简单,玛丽安桥是在高山之上,附近荒无人烟。在那里吊把锁的人,肯定是事先早有“预谋”,可以设想这么一个场景:一个男孩想对女孩表真心,他们一起去天鹅堡。然后在玛丽安桥上,在那女孩极目远眺,心潮澎湃的当下,那男孩突然间掏出——一把锁,然后在桥上锁牢……

《庄子》里有这么个故事："尾生与女子期于桥下，女子不来，水至(尾生看看桥上挂着两人当年锁下的同心锁)不去，抱梁柱而死。"括号里的话是我自己添的，为了给这个哀怨凄婉的故事增加一点点佐料。事实情况是：尾生和女子当年为了保护环境，没有在桥上弄把锁。

欧洲的那些河，那些桥，那些锁哦！

是市场还是磁场

Christmas Market: Magnetic Field

鲁汶。2012年12月。“拉肚子广场”上圣诞市场里的白色帐篷一直搭着，店铺有三五十家，每天都熙熙攘攘。因为办公室紧邻广场，每天傍晚4点钟左右，肚子就不由自主地饿了。好像肚子绕过我跟“拉肚子”有个约会，被后者“拉”着鼻子走。

圣诞市场最吸引人的是烤肠。一种是红肠，一种是白肠。一个馒头掰开来，烤肠夹在中间，再放点酸菜，类似国内的肉夹馍。味道真是好极了。

除了烤肠，还有红酒，叫作 Glühwein，在一个锅里不停地烧着，热热地冒着蒸气，飘着诱人的香味。不知道这个单词是什么意思，听乌克兰的同学说，俄语里把这种酒称为“热酒”。看来这种酒是圣诞市场的招牌。尝过一点，烫烫的，甜甜的，有点像中国南方的米酒，但后劲也足，一会儿就有头晕的感觉。

PHOTO：圣诞期间，鲁汶集市。

还有就是烤串，将猪肉绕在一根竹棍上烤，味道也不赖。

说圣诞市场是个磁场，是因为它吸引的不仅是年轻人。常常见那些白发苍苍的老人，也在排队买热狗，买烤串，喝热酒。在这个时节，似乎没有了年龄的分界。每个人都想吃点零食，无论年长年幼。今天下着细雨，像极了清明时分的雨。两群小学生，一群打着小伞，另外一群则干脆穿着雨衣，都戴着红色的圣诞老人帽，由老师带领着逛市场，每人手中都拿着一根幸福的棒棒糖。

如果恰逢周末晚上，则圣诞市场跟中国的春节庙会一样热闹。公交车上挤满了从鲁汶郊区各地来城里赶集的人，对他们来说或许这也是一年中最兴奋的时刻。市场里的人潮摩肩接踵，只能跟着人流慢慢挪动。这时节的"拉肚子广场"就像是一个大磁场，把周围的老百姓都吸引过来了。

鲁汶处于北纬50度，大致与黑龙江的黑河纬度相当。一到12月，傍晚4点多就天黑，早上则8点还没天亮。好几次早上醒来，掀开窗帘一角，外面的路灯还泛着黄色的光。整个冬季绵延很长，到第二年的四五月才有春意，而且更糟糕的是，基本不见太阳，不是阴天，就是雨天。老舍在《济南的冬天》里写道："一个老城，有山有水，全在天底下晒着阳光，暖和安适地睡着，只等春风来把它们唤醒，这是不是个理想的境界?"在这里则是一种奢望。据说这个季节是最容易得忧郁症的，幸好有了圣诞市场这个磁场，把满城的人都聚在一起，嚼着热狗和烤串，把忧郁都给嚼没了。

狮山千古一男人
Lion's Mound at Waterloo

英语中有句著名的回文——Able was I ere I saw Elba，意思是“未见厄岛前，我本一奇人”。所谓回文，英文叫 palindrome，即正读反读内容一样。这句话据说是拿破仑被流放到厄尔巴岛时说的。

其实哪怕见了厄岛之后，他依然是铮铮男儿，依然夜夜想着把岛翻过来，把命运改写，把 elba 变成 able，依然是“气吞万里如虎”。

200 年前的那个男人，终于带着 100 来人，逃离了厄岛，登陆法国之后，一时间又风云跌宕，无数法国的热血男儿重又聚集在鹰旗之下，虽然他们中几乎每个人都要比这个男人高大。

于是就迎来了 1815 年 6 月 18 日的那场大仗，对阵的双方，一边是法国，一边是欧洲。法国敢于对抗欧洲，就因为法国拥有一个集智慧、意志、野心、

PHOTO：比利时小城滑铁卢，是 1815 年拿破仑的战败地。狮子山上远眺的狮子，象征着对法兰西的震慑。

欲望、胆识、忍耐于一身的天才，千古法国一男人，就是他。那一战是天才的法国和庸才的欧洲的对决。天才本该赢。

200 年前的那个早上，滑铁卢的那场大雨，浇灭了一个天才胸中燃烧的火焰，也熄灭了一个民族崛起的梦想。焦灼等待着平庸部下的增援，哪怕眼中渗出了泪，渗出了血，最后等来的是幻灭。此后 200 年里，那个民族似乎就一直充斥着苏菲·玛索式的优雅、薰衣草的花香，再也没有了男性的阳刚。

高高的狮子山，像是一个坟冢，矗立在山顶的石狮，脚底下踩着一个球。狮子远眺的是法兰西的方向，据说是为了震慑。然后每一个游客的心中，似乎都有这么一个念头萦绕：似乎那头狮子就是那个男人，而他脚下踩的就是整个欧洲。

谁来滑铁卢，都是为了缅怀那个失败的天才。天才归于失败，似乎是宿命。谁来滑铁卢都会想起自己年少时的野心、智慧和胆识，以及那些不可避免的失败，悲壮的失败。狮子山的青草依然一年一年碧绿，那是天才的激情青春之魂？青草当中夹杂的那些鲜艳的红花，是当年英雄的泣血？200 年后的今天，多少人在滑铁卢依然浮想着这个男人。无论输赢，狮山千古一男人。

在法兰德斯战场
In Flanders Fields

从比国小城伊普尔（Ieper）回来已经过去一整天，可人仿佛还沉浸在法兰德斯战场上。伊普尔是“一战”的战场，是盟军和德军对垒之地。“一战”期间，中国输出了逾 14 万名劳工，多来自山东省，被英法两国招募至欧洲战场，进行后方的军备生产，挖战壕、造武器、运物资、排地雷，之后牺牲了 2 万人，失踪了 1 万人，付出了惨重的代价，换来了中国的战胜国地位。尤为可悲的是，被掩埋在欧洲大陆的他们，孤零零地分散在数百处墓园中，英雄无名，而家人亦不知他们葬于何处。墓碑上刻着的汉字“鞠躬尽瘁”“勇往直前”等字样，被占据绝大多数的英文字母所淹没，而他们作为一个群体也被世人所遗忘。昨天在伊普尔“泰村”墓地（Tyne Cot），一直想找一块中国劳工的墓碑，最后无功而返。

PHOTO：比利时伊普尔墓园里的“一战”无名烈士墓碑。十字架下刻有 KNOWN UNTO GOD，意为“其名为上帝所知”。

在 YouTube 网站上不断找寻，方才找到几小段。有一小段名为“九十年后忆华工”的视频，一张张感人的华工图片，配以赵传的《英勇勋章》，这悲怆壮烈的歌。歌词一开始，“我又站在这地方，胜利的战场”，让人觉得慷慨激昂，听到“将挚爱奉献给理想，期待着衣锦荣归回故乡，千千万万心灵的期望”，不由让人潸然泪下。有一段视频叫“华人街 2011 为一战在法的华工扫墓”，其中拍视频的那个人——我们看不到她——把墓碑上的名字一个个扫过去，我们能听到她在镜头后的抽泣声。还有一段视频是伊普尔在 2010 年 5 月 28 日为华工专门举行的“最后的号角活动（Last Post Ceremony for Chinese Labourers During the First World War）”。另外还可以看到山东威海的官方人员来比悼念华工以及威海和鲁汶大学等单位合办的有关华工的国际会议等视频。

网上还可以查到“一战”华工有一部分葬于 Lijssenthoek Military Cemetery，该墓园位于 Poperinghe（波珀灵厄），这是伊普尔西部的一个小镇，可惜事先不知，也不知道有没有机会去一次。此外，还读到《经济学家》2010 年 4 月间的一篇短文《中国和“一战”：意外相逢》（*China and the First World War*：*Strange Meeting*），文章最后这么写道：A handful of decorated shell cases，finely incised with dragons，flowers and inscriptions，are almost the only artefacts they left behind. One of several displayed at the “In Flanders Fields” museum in Ypres bears a lovingly carved poem，points out Dominiek Dendooven，the exhibition curator. It is about homesickness.（一些雕刻着

龙纹、花朵和铭文的弹壳，几乎是中国劳工在欧洲留下的全部创作。其中的一些在伊普尔的“在法兰德斯战场”博物馆展出，像是一首精雕细琢的诗歌。更是一阕思乡的挽歌。）不仅仅是中国劳工，法兰德斯原野简直是一个联合国。“在法兰德斯战场”，听着就是一个悲怆的名字。而在“一战”期间，一位名叫 John McCrae 的加拿大阵地医生以 *In Flanders Fields* 为题写了一首悲怆的名诗，加拿大 10 加元的纸币上曾一度印着这样一首诗：

In Flanders fields the poppies blow
Between the crosses, row on row,
That mark our place; and in the sky
The larks, still bravely singing, fly
Scarce heard amid the guns below.

We are the Dead. Short days ago
We lived, felt dawn, saw sunset glow,
Loved and were loved, and now we lie
In Flanders fields.

Take up our quarrel with the foe:

To you from failing hands we throw
The torch; be yours to hold it high.
If ye break faith with us who die
We shall not sleep, though poppies grow
In Flanders fields.

McCrae 医生在阵地上写下了 15 行诗，他最后的身影也定格在 1918 年 1 月 28 日，定格在法兰德斯战场。此诗有不少中译本，我徒劳地想译，发觉怎么也译不好，只能简单转述如下：

(到那时)在法兰德斯原野上，罂粟花片片飘荡，落在十字架中间，千行万行，那是我们栖身的地方。在天空中，云雀仍将勇敢地歌唱，自由地飞翔，(而此刻)吟唱声淹没于密集的枪响。

我们已死。几天前，我们还曾活着，曾呼吸着朝霞，曾怅望着斜阳，曾爱过也被人爱过，而此时我们已长眠，在这法兰德斯原野上。

继续战斗吧！接过那垂下的手扔给你们的火炬，把它高举在空中飞扬。如果你们背弃了与逝者的盟誓，则我们永不瞑目，纵然罂粟花依然绽放，在这法兰德斯原野上。

永远留在法兰德斯原野的，还有那罂粟花，花儿成了停战的象征。在伊普尔墓园，看到每个墓碑下都放着一朵红色的小花，原以为是再普通不过的花儿，却不知这是法兰德斯的战争花，花儿为那些永留在法兰德斯大地上的人们绽放，年复一年地绽放。

阿尔勒,1888,凡·高

Van Gogh in Arles: Right Man at Right Place

我对西方绘画艺术并无特别爱好,然而法国南部小城阿尔勒(Arles)之游,让我稍稍关注凡·高。今晚拿起《梵高传》,做一浏览。是什么样的激情,让人竟然把自己的耳朵割下来,是神经质,还是一种狂热,抑或是天才的表现?古往今来,但凡才华到了极致境地的才子,其行为便脱离常轨,为世俗眼光所不解,金圣叹、徐文长,何尝不是如此?

1888年,凡·高来到阿尔勒小镇,在这里住了两年。这两年是他创作生涯中最具创造力的时光。他的很多最有名的画作都是在这个普罗旺斯小镇上创作出来的。在荷兰纽南,凡·高倾向于画外景,而在巴黎,他使用印象派的技法,创造出新奇的颜色世界。只有在阿尔勒,他才把这两种才能融合在一起。于是,我们就看到凡·高笔下那300余幅创作于阿尔勒的巅峰画作。

PHOTO:阿尔勒的凡·高医院内,聚精会神的写生男女。

《梵高传》中有一章专谈凡·高在小城的生活，这里是他和高更相逢又相离的地方。书中谈到他为何想来南方：

“提奥，我需要太阳。我需要那种炎热非常、威力无比的太阳。整个冬天、我感到它犹如一块巨大的磁石在把我向南方吸引。在我离开荷兰之前，我从来不知道有象太阳那样的东西。现在我明白了，没有太阳就无所谓绘画。也许，可以使我趋向成熟的东西就是这个灼热的太阳。巴黎的冬天使我感到彻骨的寒冷，我觉得就是这种寒冷进入了我的调色板和画笔。我从来也不是那种做事情没有决心的人，只是要我有了这个非洲的太阳把我内心的寒冷驱散，使我的调色板燃烧起来……”他的朋友塞尚建议说：“离开巴黎吧，温森特，”他说，“到普罗旺斯去。别去埃克斯，那是我的地盘，不过可以到邻近的某个地方。那里的太阳比世界上其它地方的都更加灼热、单纯。你在普罗旺斯可以找到你以前从未见过的明净色彩。我打算留在那儿度过余生。”

凡·高想去一个有炙热太阳的地方，而普罗旺斯是阳光的代名词。接着他的朋友们就说到阿尔勒：

“阳光？足够把你晒疯的。而且你应当见一下阿尔勒的女人，天下最美丽非凡的妇女。她们仍旧保留着她们希腊祖先的那种单纯、优美的身材，同时融合了她们的罗马征服者的精力充沛、强健的体魄。但奇怪得很，她们却带有明显的东方风韵。我想这也许是八世纪撒拉逊人（阿拉伯人）入侵的结果。真的维纳斯是在阿尔勒找到的，温森特。那模特儿是个阿尔勒女子呀！”

“你会喜欢阿尔勒的，那地方很安静，没人会打扰你。那里热天干燥少雨，色彩丰富，而且是欧洲唯一能够找到十足的日本那种纯净明朗的地方。它是画家的天堂。我要不是如此地离不开巴黎，我就自己去了。”

凡·高眼中，阿尔勒的太阳是这样的：

“阿尔勒的太阳突然照进温森特的眼帘，使他的眼睛一下子睁大了。这是个旋转着的柠檬黄的液态火球，它正从蓝得耀眼的天空中掠过，使得空中充满了令人目眩的光。这种酷热和极其纯净透明的空气创造出了一个他未曾见过的新世界。”

凡·高眼中，阿尔勒的古罗马竞技场是这样的：

“温森特离开了市政府广场，穿过一条短巷，走到城后面的大市场路，漫步走过小公园，接着便脚步蹒跚地下山到了罗马竞技场。

他象山羊一样。沿着竞技场的阶梯式座位一级二级地向上跳，最后到了顶上。他在一块石头上面坐下来，把双腿耷拉在那数百英尺高的直上直下的陡壁上；点起烟斗，眺望着眼前这片他已经自命为其统治者的领地。”

凡·高眼中，城市和城市的色彩是这样的：

“脚下的这座城市，就象一道飞泻到罗讷河的千变万化的瀑布，一幢幢房子的屋顶拼凑成一幅错综复杂的图案。房顶上铺的瓦原本是红土烧的，但是由于炽热的阳光持续不断地烤灼，竟变得五颜六色，从最浅的柠檬黄色和轻淡的银粉红色；直到刺目的淡紫色和沃土似的棕褐色，应有尽有。

河面宽阔、水流湍急的罗讷河，在阿尔勒城所在的那座山的山脚下急转弯向着地中海奔流而去。河流两岸是石砌的河堤。特兰凯泰莱宛若画成的一座城市在河的那一边熠熠闪光。温森特身后的巍峨群山，高耸到一片明亮的白光之中。一幅广阔的画面在他面前展开：耕过的田地，繁花怒放的果园；蒙特梅哲山高高的山岗；肥沃的谷地上千万条深翻的犁沟伸向天边，聚集成一个无限遥远的点。

不过，促使他伸手去摸自己被迷惑的双眼的却是乡间的色彩。

天空是如此浓烈的蓝色，那样凝重、深沉，竟至根本不是蓝色而全然成了黑色；在他下面伸展开去的田野是最纯粹的绿色，非常非常的绿；太阳那炽烈的柠檬黄色；土地的血红色；蒙特梅哲山上寂寞的浮云那耀眼的白色；果园里那永葆新鲜的玫瑰色……这样的色彩是令人难以置信的。他如何能把它们画下来呢？即令他能把这些色彩搬到他的调色板上，他又怎能让人相信它们的存在呢？柠檬黄、蓝、绿、红、玫瑰，大自然信手把这五种颜色摆在一起，形成了这种使人难受的色彩情调。”

凡·高还看到了后来成了他素材的吊桥：

“在沿河流下行一公里的地方，他看到一座吊桥，一辆小车正从桥上经过，蓝天衬托着桥和车的轮廓。河水蓝得象井水，橙黄色的河岸被青草染成了绿色。一群穿着罩衫，头戴五颜六色帽子的洗衣女人，正在一棵孤树的树荫下捣着衣服。”

太阳的颜色，金黄色，成了天才的最爱，他这么想到：

“他眼中只看见周围那些在白热化的碧蓝带绿的天空覆盖下从浅黄到浅橄榄棕色、青铜和黄铜的颜色，凡是阳光照到之处，都带着一种象硫磺那样的黄色。在他的画上是一片明亮的、燃烧的黄颜色。他知道,自文艺复兴以来欧洲绘画中是从来不用黄色的。但这也阻止不住他。颜料管中的黄色颜料流到画布上,在那儿停留下来。他的画上面浸透了阳光,呈现出经过火辣辣的太阳照晒而变成的黄褐色,和空气掠过的样子。”

当然我们更不能忘了,他在阿尔勒画的向日葵,与别处的也不一样。1888 年,阿尔勒,凡·高。合适的时间,合适的地方,遇上了合适的人?或是合适的人在合适的时间遇上合适的地方?抑或是合适的地方,合适的人,遇上合适的时间?这已不重要,总之是冥冥之中,造物主把三者并排放在一张画布上,于是就有了永恒。

匈牙利人的 DNA

The DNA of the Hungarians: Who AM I?

从布达佩斯回来已经半个多月了，但还是常回想起在匈牙利的那些天。那里的汤是那么咸，汤里还放点胡萝卜和豆子；那里的音乐总有种草原的辽阔，但又夹带着无家可归的淡淡忧伤；那里的人的面庞总觉得似曾相识。虽然匈牙利是典型的欧洲国家，但似乎仍有一丝东方的痕迹，一种难以捉摸的东方痕迹。

匈牙利的国名 Hungary，查其词源，意为“匈人居住地(land of the Huns)”。公元5世纪初，沉睡的欧洲第一次面对着一支游牧民族的军队。“匈人”之王阿提拉(Attila)的铁蹄仿佛是一夜之间从地平线的另一头冒出来的，横扫了整个罗马帝国。可突然间，阿提拉在其新婚之夜猝然而死，于是这支军队又像旋风一样消逝地无影无踪。据说，这支军队后来就零散流落于匈

PHOTO：匈牙利民俗博物馆中陈列的陶器，总给人一种似曾相识之感。

牙利盆地，这也就是匈牙利国名的由来。

“匈人”进入欧洲历史的视野，是在公元374年。“匈人”覆灭了顿河以东的阿兰聊国，把东哥特人和西哥特人打得落花流水，赶到罗马帝国境内，从而导致了欧洲人口的大迁移：日耳曼人被赶出俄罗斯南部，逃到了巴尔干。阿提拉这位马背上的英雄则被称为“上帝之鞭”！这支“匈人”队伍到底从何而来？史学界尚有争议。其中有一种观点认为：“匈人”即是中国历史中记载的匈奴。翻开中国的史书，里面详细记载着中原王朝和匈奴之间的战争与和平。张骞、卫青、霍去病、班超、苏武、王昭君、花木兰，多少中国历史故事和匈奴这个民族息息相关！我们都曾为“月黑雁飞高，单于夜遁逃。欲将轻骑逐，大雪满弓刀”一诗中的“单于”一词翻过词典；我们都曾对《昭君出塞》故事中的画师毛延寿愤恨不已；我们也惊讶于飞将军李广的箭何以能“平明寻白羽，没在石棱中”。这一切在公元91年戛然而止，这一年，东汉军队大破北匈奴于金微山（今阿尔泰山），北匈奴损失惨重，单于率余众逃往乌孙，开始了其漫长的民族迁徙。此后中国的史书里有关“匈奴”的记载骤然少去。不少史学家认为，那支北匈奴军队在蛰伏了100余年后，又羽翼丰满了，但这一回他们没有选择向南、向东，而是选择了向西，向西！

匈牙利语是极少数不属于印欧语系的欧洲语言，它属于“乌拉尔语系”，而乌拉尔地区就是中亚大草原中心。匈牙利人的名字跟中国人一样，先称姓后呼名，而不像欧洲大部分国家名先姓后。匈牙利人种和生活在中亚的民族有些相似之处，布达佩斯英雄广场上的英雄雕像，似有匈奴人的影子。怪不得，2005 年 1 月，一个称为“匈牙利全国匈奴少数民族联合会”的组织向匈牙利国会提出承认他们为法定“匈奴族”的申请，虽然这一要求最后未获批准，但是他们的确在延续着某些古老的匈奴传统。匈奴人的 DNA 或许正是通过丝绸之路，往西延伸，直至多瑙河流域，而和他们有着相同 DNA 的兄弟，则融进了汉民族，至今已经分不出是汉是匈！

也许正是这种迷茫感，使得匈牙利民族有着与生俱来的淡淡忧伤。匈奴人没有自己的文字，匈奴人没有家谱，匈奴人没有记录自己历史的能力，于是就像旋风一样，不知从哪里来，也不知往哪里去。像是海亚姆在《鲁拜集》里咏诵的：“不知什么是根由、哪里是源头，/就像是流水，无奈地流进宇宙；/不知哪里是尽头、也不再勾留，/我像是风儿，无奈地吹过沙丘。”（黄杲炘译）谁都有“我是谁”“我从哪里来”的困惑和追问，而匈牙利作为一个民族，其追问则更为悲怆：“我们是谁？我们从哪里来？”也许正是这决定了其民族本质的一些东西。我们漫步在多瑙河边，看电影《布达佩斯之恋》，或是听匈牙利的民族音乐，心头总会升起一种似曾相识的淡淡忧愁，许是在异乡听堂兄弟说话引起的乡愁？

新旧的格调:德国大学

German Universities: Old and New

德国之行中参观了 3 所德国著名大学:海德堡大学、莱比锡大学和柏林的洪堡大学。去之前,我读过金耀基的《从剑桥到海德堡》,对海德堡这所建于 1386 年的德国最古老的大学就心向往之。莱比锡大学建于 1409 年,其古老程度仅次于海德堡大学,也历经了 600 年的岁月,且是蔡元培和林语堂的求学之所。我素来喜欢蔡林二人的自由思想和风雅文字,故想去看看。洪堡大学的创建者洪堡兄弟,其中之一是赫赫有名的语言学大师,因此也仰慕不已。虽然在如今的大学排行榜上,欧洲大陆的大学似乎被美英名校盖过,但那些历史悠久的大学,恰如陈酒,有一种愈久弥香的味道。于我而言,其格调远胜于那些立于钢筋水泥建筑之中、以科研经费取胜、在新科技包装之下的"科技大学"。

PHOTO: 洪堡大学主楼入口刻着马克思名言:"哲学家们只是用不同的方式解释世界,而问题在于改变世界。"

海德堡真是适宜读书的好居所。两山相对,中有大河,是莱茵河的支流,名为内卡河。国王宝座山上有红褐色城堡一座,裂而不毁,更增悲壮;对面山上有“哲学家小径”一条,黑格尔和马克斯·韦伯等人曾穿行其间,令人遐思。河上有桥,名曰“旧桥”,桥头有古塔两座,桥中有雕像。沿河为谷,谷中即为老城,城中房屋多为红瓦,墙多五颜六色,亦有通体红色,艳丽至极。城中有与河平行之石头横街三四条,长约三四里。另有纵巷十余条,沟通横街,可至河边。街巷皆窄,可容三五人并排过,一般不通车。其间有教堂三座,大学主楼以及图书馆等即分布其中。其余则多为酒吧、餐厅,古香古色。在那窄窄的巷子里,喝着啤酒,聊着大学里的人和事,倦了就起身走走,沿河过桥,上山俯瞰。在此求学,当是惬意之事。海德堡是德国在“二战”中唯一未曾遭受炮火的城市,故一切如旧。教堂还是1386年海德堡大学建立时做过弥撒的那个教堂,大学广场还是当年马丁·路德和奥古斯汀修士在此论战过的那个广场,啤酒屋也是电影《王子学生》中王子喝啤酒的那一间,连主楼内的一间学生“监狱”也按照原样保存着,这是当年用来惩戒学生的地方,是犯了错的学生面壁思过之所,里面满墙的涂鸦。

怪不得有那么多人把心遗留在了海德堡!歌德说,“我把心遗忘在了海德堡”;雨果也曾写过,“我来到这个城市10天了……而我不能自拔”;龙应台则把书名取为“在海德堡坠入情网”。如果在海德堡坠入情网,那么对象一定是海德堡本身,是那古堡、古桥、古老的房子、古老的街道,还有那古老的酒桶。在古堡中有一个世界上最大的酒桶,8米高9米长,它制造于1751年,可以储存22万公升的葡萄酒，够你像只小老鼠一样，在酒桶边挖个洞，喝上一辈子。

短短一天的逗留，恋恋不舍挥手作别海德堡。来到莱比锡是一个下雨的周日，莱比锡大学主楼前是奥古斯特广场，但我看不到哪儿是大学校门。那现代化的玻璃建筑外立面上竖写着的 Universität Leipzig，提醒我这就是莱比锡大学。边上有一座高耸的大楼，是莱比锡最高的建筑，呈一翻开书本状，名为 Panorama Tower，但似乎为商业用楼，不属于大学。大学入口似乎为一古老教堂改建而来，周日亦不开门。整个广场唯一存有旧貌的为一喷泉，类似于罗马纳沃纳广场的“河神”喷泉，不知“河神”眼看着身边的大楼物换星移，会做何感想。从莱比锡大学的介绍来看，这所600年的老大学已经失去了旧日的光彩，再也不是19世纪末的蜚声东西方的模样。若在今天，林语堂也不至于弃哈佛大学而来莱比锡大学攻读语言学博士学位。莱比锡大学图书馆在“二战”中几乎焚毁殆尽，1953年更是改名为“莱比锡卡尔·马克思大学”，1991年再次改回“莱比锡大学”。大学一旦与意识形态紧密挂钩，多半是其不幸的开始，这或许就是莱比锡大学在20世纪衰落的缘由之一吧。

洪堡大学的主楼和图书馆都在柏林“菩提树下”大道上。洪堡大学历史虽只有200来年，但是提倡自由学术的它被视为现代大学的典范，民国时期的中国大学建设有许多效仿洪堡大学的地方。洪堡大学门口是贝贝尔广场，1933年，就是在这个广场上，纳粹大学生联盟和众多教授制造了焚书事件。在著名的大学门前焚书，这么令人难以置信的一幕就曾在德国，在柏林上演。

就是这种逆历史潮流的反进步行为给德国——当然也给世界——带来了巨大的灾难，也使得一所著名的大学在数十年中停滞不前。所幸的是，如今的洪堡大学又恢复了其活力。在它主楼楼梯的正墙上，刻着一句马克思的名言："哲学家们只是用不同的方式解释世界，而问题在于改变世界。"

世界都在改变。莱比锡大学在反复改变，洪堡大学也在改变，而海德堡大学能在四周的改变中维持着一种不变。洪堡大学的改变似乎是要回到过去，而莱比锡大学则似乎再也回不去了。在这新旧交替之间，大学的发展也在交替变换着自己的定位，以及自己在城市、国家乃至全世界大学之林中的位置。从新，从旧？艰难的选择，但在改变的同时，总有一些东西是不应被改变的。也许像一个人一样，很多大学都在苦苦寻找着或是坚守着那些不能被改变的东西。

柏林墙上鸟儿飞

Birds of Freedom Flying on the Berlin Wall

2013年的元旦假期去了柏林。和欧洲其他大城市不同的是，柏林曾有一段墙。很难想象，在一个城市中间筑起一道墙，使得同一城市的人不通往来，必须要经过检查站的签证，方能通行。夫妻之间、父子之间、兄弟之间，经历了长达28年的“关山阻隔”，这里的“关山”是一道高3米、长数十公里的墙，墙上遍布铁丝网、地雷和机关枪。关山可以翻越，长河可以横渡，但是这道墙却硬生生划出了不能往来的两个世界，难以逾越。在去柏林之前，柏林墙于我只是一个普通名词，去了之后，则成了挥之不去的记忆。

柏林墙至今还留存3段：一段是东火车站附近的东边画廊，沿着河，长约两三里，墙两边都是鲜艳的涂鸦；一段在波茨坦广场附近，泥灰已经脱落，露出墙里的泥土，以及锈迹斑斑的钢筋，间或有一些枪洞，此处靠近查理检查

PHOTO：柏林东火车站附近的东边画廊段，涂鸦意为：向往自由的心灵永不枯萎。

站，后者是当时东西柏林间3个边境检查站之一；第三段在城北，有柏林墙博物馆。我们在傍晚时分，薄暮冥冥之际，徜徉在东边画廊旁，又在微风细雨的次日清晨，漫步于查理检查站的斑驳柏林墙边，寻找着马路上的"柏林墙"印迹，品味着那个年代的柏林与柏林人的生活。

墙的两边，一边是禁锢，另一边是开放；一边是专制，另一边是民主；一边是控制，另一边是自由。于是一系列围绕着"越狱"的翻墙故事展开了。躲在汽车引擎盖下吸半小时的汽油去往西柏林；在黑暗中沿着地铁线冒着被车撞死的危险逃离；数年如一日在地底下打隧道达数百米成功逃往西边；自制热气球升空，最后降落在西边；自制冲浪板，在北海刺骨的海水中游了48小时抵达西边；在高空拉了绳索，像坐缆车一样，从东边滑向西边——每一次行动都冒着巨大的生命危险，但是在失去自由的痛苦中苟延残喘，活着，又有什么意义？

在柏林墙上，我们看到了许多艳丽的涂鸦，都和自由的主题相关。在艺术家的笔下，自由是一只飞翔的鸟儿，在空中翩翩起舞。有一幅画里，一个人蹲坐着仰望天空，手掌向上托起，视线中则是3只鸟儿自由飞翔。有一幅图里，各种长着翅膀的人在飞翔，边上有一行英文，大意是：思想就像是天堂中鸟儿的痕迹。有一幅图是囹圄中的一双手，一手做胜利状，其手铐的铁链则衔在窗外的鸽子嘴中。还有一幅图是两个抽象的跳舞的人，像是两只鸟儿，画名为"自由之舞"，底下有一行字："无干戈，无墙隔，天上人间"。

柏林墙上鸟儿飞，自由鸟飞柏林墙。在柏林，我们终于深深领悟了那句名言“不自由，毋宁死”的真谛。还有孩童时代就会无心背诵却体会不到内涵的诗句：“生命诚可贵，爱情价更高。若为自由故，两者皆可抛。”在柏林墙边，望着自由飞翔的鸟儿，才体会到自由呼吸的珍贵！我们都希望生活在这样一个社会：我们有说话的权利，也有保持沉默的权利；学术有独立之精神，自由之思想。不应设置一种人为的墙，让外面的新鲜的空气进不来，也让里头的人无法自由地思考。我们都希望生活在那样一个年代，在那个年代里，我们像是天空中的鸟儿，在自由地飞翔。

普罗旺斯花草香

Lavender: The Soul of Provence

不知何时，国人开始对“普罗旺斯”和“薰衣草”这两个词敏感起来，据说是因为电视剧《又见一帘幽梦》里面有绵延的薰衣草风景。其实“普罗旺斯”这个词早就在中文中出现了，半个世纪前就翻译出版的《基度山伯爵》，书里就时不时提到“普罗旺斯”这个词。《一帘幽梦》也是小时候读过的书，讲述的是姐妹俩之间丑小鸭和白天鹅换位的故事。我以往读着这些书，并没觉着这些词有什么奇特的魔力，但不管如何，我也赶一回时髦，去普罗旺斯看看薰衣草。

英语的 lavender（薰衣草）一词来源于法语 lavandre，后者又来源于拉丁语 lavare，其词源含义是“洗”，所以最初该植物的含义是跟“洗”的功用紧密相连的。直到如今也是如此，很多薰衣草的产品，比如香水、精油、香皂等，都

PHOTO：法国南部小镇“索村”，薰衣草的天堂。

还是跟“洗”分不开。薰衣草的茎像草，但是顶部的花则是紫色的，透着淡淡的香味，在薰衣草田里俯下身来，会发现有很多蜜蜂在花丛中。此外，普罗旺斯薰衣草并非生长在泥土中，而是在一垄垄红黄色的石头泥土堆里，想必是一种比较耐旱的植物吧。

我们先是在普罗旺斯地区的索村看薰衣草，之后前往塞南克修道院（法语为 Abbaye de Sénanque）。从索村到修道院的路上，也处处可见薰衣草，总是在猛一转弯的时候，眼前一大片薰衣草田让人感叹柳暗花明。我们经不住诱惑，在一片薰衣草田旁停下。有女孩开着车来看薰衣草，她们显然比我们兴奋，在花丛中或躺下或趴下，总之女人见到薰衣草就像是鱼儿见了水。

好不容易见到修道院，然而此地的薰衣草已经收割了，层层叠叠地放在地里，一小捆一小捆的。修道院有各种薰衣草产品出售，二楼还有薰衣草博物馆。欧洲的修道院对于文明的发展也是功不可没的。比如在这所修道院中，除了祷告外，修女们有大量空闲时间，总要琢磨出点花样来打发时间，于是修女们就种薰衣草，然后做薰衣草肥皂，那时候想必还没有薰衣草香水——香水应该是修女的天敌吧。在比利时，修道院出产的啤酒也是最好的啤酒，因为修士把很多时间都花在琢磨啤酒的配方上头了。一笑。

天堂书店飘书香

Selexyz Dominicanen：A Book Lover's Paradise

2012年圣诞期间，接连两次去了荷兰的小城马斯特里赫特(Maastricht)。马城在荷兰最南部，是荷、比、德三国的交界处，自古繁华。马斯河穿城而过，将城分为东西两边。马斯特里赫特亦由此得名，Maastricht 起源于拉丁文的 mosae trajectum，意思是“跨越马斯河(Maas)的地方”。据说，公元前50年至公元4世纪末，罗马人曾在这里建立村落，所以马城素有“荷兰最古老城市”之美誉。1991年，欧共体首脑会议在马城通过了《欧洲联盟条约》，亦称《马斯特里赫特条约》，是欧盟成立的标志，也让马城名噪一时。而我之所以二赴马城，除了马城风景秀丽外，主要是因为第一次去居然把它的重要一景“天堂书店”给漏了，对于读书人而言，此为“是可忍，孰不可忍”。故隔了一天又去，乘兴而去，尽兴而归，不亦快哉。谁让它是天下第一书店呢！2008

PHOTO：荷兰马斯特里赫特 Selexyz Dominicanen 教堂书店的内部，人们可以坐在祭坛上喝着咖啡看书。

年英国《卫报》评选了“全球十大最美书店”，马城的 Selexyz Dominicanen 书店名列榜首。在马城的市政厅广场往中心广场去的路上，有一所教堂，教堂的大门不是通常的木门，而是赭红色的铁门，宛如生锈了一般，颇有历史感，上面刻着各种字，其实是“书”在各国语言中的写法。这就是著名的 Selexyz Dominicanen 书店，一座置身于教堂中的书店。Selexyz 一词是书店品牌，而 Dominicanen 则是 14 世纪欧洲两大修会之一的“多明尼肯修会”。

教堂的历史要追溯到 13 世纪。1267 年，一群多明尼肯天主教会的修道士开始在此修建教堂，直到 1294 年竣工，它成为尼德兰地区第一个天主教堂。此后马城历经动乱，荷兰、西班牙和法国都曾占领此地。18 世纪末，法国大革命爆发，多明尼肯教堂所在区域被法军占领，多明尼肯修会成员纷纷逃亡出境，此后教堂的功能废弃了，曾经作为马厩、军队驻扎所，后来则是展览场所、自行车停放点等。直到 2004 年，Merkx＋Girod 设计事务所应荷兰图书公司 Selexyz 之约，别具匠心地将其改造成一个美丽的书店。

走进书店，首先映入眼帘的是书，抬头则是教堂的穹顶，墙上还有些斑驳的壁画。左边则是教堂的大柱子，本来是用来分隔教堂中厅和左侧偏厅的，右边则搭了一个 3 层的大书棚，上面摆满了书架。一直往里走，发现教堂最里头居然被改造成一个开放式的咖啡厅，咖啡厅里的桌子形状是一个十字架。边喝咖啡边看书，座椅后就是教堂壁画。教堂的窗户很大很多，透光性很好，没有一般教堂那种昏暗的压抑感。里面的黄色灯光很温馨，但又不至于明亮到破坏教堂的气氛。书店大厅，即教堂中厅的书是摆放在书桌上，给人感觉空间很大，而右侧则因为有 3 层大书棚，则显得满，搭配适宜。

书店里多为荷兰语书，我无法阅读。但徘徊其间，有着看不完的风景，那些熙熙攘攘的人群，那些排着长长队伍买书的顾客。在这里购书，想必是别有一番滋味吧。这是教堂书店，是一家开在天堂的书店呢！在这样美丽的书店里游走，我怎么能不喜欢马城呢？我欧洲之游的体会，在“梵城归来不看庙，罗浮归来不看馆，列日归来不看（车）站”之余又添了一句：马城归来不看（书）店。

欧游札记

The Sketches of Europe

布鲁日的过客

In Bruges

布鲁日是比利时西北部西佛兰德省省会。“布鲁日”(英语和法语一般写为 Bruges,荷兰语为 Brugge)在弗拉芒语中是“桥”的意思,城市因流经市内的莱伊河上一座古罗马桥梁而得名。

布鲁日就像鲁汶,城市呈椭圆形,形似直立之鸡蛋,南北长,东西短。和鲁汶不同者,布鲁日有河护城,绕城一圈,将其包围,唯西北角尚留缺口,进城必过桥,故布鲁日有城门八座。河亦通往城内,河道交错,且颇宽阔,由此得名“北方威尼斯”。

城内亦有一处贝居安会院,比利时弗拉芒地区的其他地方也有此类建筑,故在 1998 年 14 处贝居安会院捆绑一起,成了世界文化遗产地。此地贝居安会院的规模不如鲁汶的,然年岁亦早,据记载 1245 年就有了,距今已近

PHOTO:布鲁日市集广场,典型的 15 世纪法兰德斯建筑风格。

800年。建筑皆白色，围成一圈，清静雅致，院内有大树百棵，草地一片，教堂一座，博物馆一间，分外幽静。走至院门，豁然开朗，见拱桥一座，水面宽广。河边草地百余只白鹅，间夹数十只黑色水鸭，场面壮观。河于此地成湖，鹅在水中嬉戏，交缠甚欢，故得名“鹅湖”，亦有“爱情湖”之谓。联想刚才有新人在此地取景拍婚纱照，可谓相得益彰。

城中有布鲁日圣母教堂，建于13—14世纪，其钟楼高122米，是该市最高建筑，世界第二高砖砌塔楼，气势恢宏。教堂收藏有一件著名的艺术珍品：米开朗琪罗的《圣母和圣婴》(*Madonna and Child*)。这个小小的白色大理石雕塑是米开朗琪罗于1504年完成的，是其生前唯一一件留在意大利之外的艺术作品。城市中心为市集广场，气象开阔，钟楼高耸，达83米，有366级台阶通上顶端，为电影《杀手没有假期》(*In Bruges*)之取景处，电影中有一句话评价布鲁日，一语中的：“布鲁日，运河小桥，石巷古建，尽是童话之境，怎会有人不爱她?”市集广场边为城堡广场，四面皆为建筑，此处有市政厅和圣血圣殿等。圣殿里存有一只水晶瓶，瓶中一块布，号称沾有耶稣受难时流出的鲜血，是12世纪第二次十字军东征从耶路撒冷带回布鲁日的。两广场之间有一小店，名曰 Chocoladehuisje，里面除了店员和计价器外，其余皆为巧克力所做。形状繁多，有沙滩武士，有海盗船，也有小猫小狗、小鸡小鸭，甚而至于女性穿戴之物，不知让人如何下口。入口即化之物，然则惟妙惟肖，极尽繁复之能事，亦一趣也。

至4点半方往回走，匆匆赶回鲁汶。布鲁日比之鲁汶，一喧嚣，一安静；

一雄伟，一雅致；一为游人如织，一为满城师生；一为大家闺秀，一为小家碧玉；一为马蹄得得，一为鸟声啾啾。想起郑愁予的那句诗了，“我达达的马蹄是美丽的错误/我不是归人，是个过客……”我于布鲁日，只是过客；我于鲁汶，才是归人。

根特的“肉市”

Meat House in Ghent

根特是比利时第三大城市。我的印象里，根特最有名的是它的腊肉。一座黑青色砖建筑，门口用钩子悬挂着一片立体的树叶形的物体，此处荷兰语名叫 Groot Vleeshuis，也就是根特有名的“肉市”，那片树叶就是猪肉模型。该建筑在中世纪的 15 世纪初就已经是猪肉市场了，肉类买卖集中于此，私人不得擅自买卖。16 世纪中期，肉市边有 16 家卖猪内脏的店，猪肠之类的则送给穷人。Groot Vleeshuis 如今已改为餐饮店，一楼梁上吊着数十只腊猪腿，蔚为壮观，腊猪腿可是货真价实的，底下已经长霉花，腊肉本就如此，也不足怪。这跟浙江农村的情形何其相似！开春时节，家家都把腌猪腿拿出来晒太阳，挂在院子里，一字排开。只不过此地挂在屋内，整整十余排。挂着的腊猪腿下还有桌子数十张，情侣可以在此吃饭喝酒。头顶腊猪肉，不知会食欲

PHOTO：根特的“肉市”，上悬腊腿，下摆餐桌。

大增，抑或食之无味？有比国少女一群入内，见腊猪腿，亦惊诧，跳跃欲去够它，又在其正下方做舔舌大嚼状，不亦有趣？

出肉市侧门，方见肉市边是根特城河分叉处，所谓的 Graslei 和 Koornlei 区域，初疑为两河的名字，查证之后方知是两街名，Graslei 为菜街，Koornlei 为麦街。这一带风光如画，河面宽广，有数十米，两边皆为教堂、钟楼、城堡等，各种中世纪建筑一览无余，有桥三座连接两岸，最南处一座最为雄伟，名为“圣米迦勒桥”；西边有圣米迦勒教堂，教堂气势宏大，且全为青黑色，估计年代亦久远。沿河皆人也，喝咖啡、吃午餐，熙熙攘攘，亦有游客坐于沿岸，打开携带之食物大嚼。

在河边啃完面包，匆匆前往格拉文斯丁城堡(Castle of Gravensteen)，也称“伯爵城堡”。该古堡是由阿尔萨斯的菲利普伯爵于 1180 年修建的，为仿照十字军城堡而建。在这座城堡修建之前，此处有一座建于公元 9 世纪的木质城堡。在 14 世纪前，格拉文斯丁城堡一直是法兰德斯伯爵们的居所，不过最后该城堡被遗弃了，随后，城堡成为郡政府的所在地。整座城堡结构庞大，皆为青色大石筑就。入口若城门，第二层为堡之外圈，可绕堡一周。我们从入口狭小石梯入堡，石梯不断盘旋向上，仅容一人，边上有铁扶手。至三四层间一小室有展览，为当年所用之刀剑、弓弩、盔甲等。至顶层则豁然开朗，为一平台，四周皆墙，有一米多高，每间隔一米则有一缺口，可俯瞰。四角各有一瞭望塔。此地可一览根特全城，钟楼、圣巴夫教堂和尼古拉斯教堂构成的所谓“根特的天际线(Skyline of Ghent)”尽收眼底。

那慕尔的蜗牛

Snail in Namur

那慕尔是比利时南部的一个重要城市。和鲁汶不同，那慕尔属瓦隆区，说法语。市政厅前有一小雕像，为两滑稽人物，一胖一瘦，胖者一手指地，脸朝着瘦者说话，瘦者在倾听。所指之处，原来是两只蜗牛雕塑，其中一只关在笼内。为何以蜗牛为雕像，百思不得其解。经询问方知，那慕尔的城市象征物是蜗牛。蜗牛是缓慢的代名词(英语中用 snail mail，即“蜗牛邮件”，来指和 e-mail 相对的传统邮递寄信)，看来那慕尔人喜欢慢慢做事，悠闲地坐在街边抿一口咖啡或啤酒，过着中世纪人的慢生活。

市政厅门口为一小广场，往前走几步，则到了一座大桥边。和根特相似，那慕尔也位于两河汇合处，为默兹河与萨姆伯河交界处。前者为欧洲较为重要的河流，流经法国、比利时和荷兰，最后流入北海，全长逾 900 公里。在桥

PHOTO：从那慕尔城堡俯瞰那慕尔城。比利时南部山清水秀，与北部迥然不同。

上就能看到有名的那慕尔城堡(Citadelle),那慕尔和比利时北方城市不同,这里有山,城堡就建在山上,底下则有大河护城,可见地势险要。

两河穿城而过,将那慕尔分成三部分。城堡在两河相交处,往下鸟瞰,风景奇绝,怪不得人说,来那慕尔必登高。那慕尔城堡不同于根特城堡,后者为一建筑,仿佛大房大院,内有小室多间。而那慕尔城堡则宛如长城,以赭色石头,沿山而建,绵延不绝。据说公元三四世纪时,罗马人就在此地筑城,到了13世纪,有了两墙四塔的城,如今尚有遗迹。从城堡俯瞰,全城尽收眼底,多为灰瓦,隐约可见红墙。

那慕尔博物馆很多,我们参观了那慕尔省古典美术馆。唯一记住的是一位16世纪的名叫Herri met de Bles的画家。他生于那慕尔的小镇迪南,擅长画宗教画。据管理人员介绍,Bles作画时爱在画布左边留有一个不显眼的签名,而其签名就是一只小小的猫头鹰,经过他一一指点,我们终于在“树洞”里、“山岩”上发现一只只猫头鹰了。想起八大山人每次签名都联缀写成“哭之”“笑之”,而范宽的签名也是在密密的“山林”里方才找到。他们三位如果相遇了,在那慕尔城堡或是在西湖边,都会是好朋友吧。

布鲁塞尔花毯节

Flower Carpet in the Grand Place, Brussels

欧洲城市一般都有主广场，比利时首都布鲁塞尔的大广场，曾被雨果赞为“世界上最美丽的广场”，说它“结构紧凑，精致得像一件珠宝镶嵌的首饰”。然而大广场却不易寻找到，我们曾远远地见到广场上的市政厅尖塔，但总靠不近它。网上有一段话说得好：

> 大广场躲在这一大片民居建筑中，被纵横交错的古老街道和普通民房所遮掩。要看到它，必须经过连通它的六条小巷中的一条，随着拥挤的人流缓缓前行，来到小巷的尽头，便似河流汇入大海，人群倏然散开，大广场就柳暗花明地兀现在你的面前。它的这种低调内敛的隐藏，给人由狭窄到开阔、由局促到舒朗的美妙体验，以及刹

PHOTO：2012 年 8 月布鲁塞尔花毯节期间，大广场成了花海。

那间的惊喜和愉悦。

广场上的市政厅，气势雄伟，尖塔高耸，是一座典型的法兰德斯哥特式建筑，始建于1402年，上面的厅塔高约91米，另有人物雕像数百，和鲁汶类似。

广场边有天鹅餐厅，为当年马克思和恩格斯写作《共产党宣言》处，中国游客颇多，多有天南海北各地乡音。其他建筑则为17世纪建造的各种职业行会会址、公爵官邸、路易十四的行宫等。其中公爵官邸已辟为历史博物馆，内有一屋专门陈列各国送给布鲁塞尔标志的“尿尿小童”的衣服，不下数百种。从天鹅餐厅和市政厅所夹的小弄往前走，至“尿尿小童(Manneken Pis)”。小童名为于连，据说于连半夜起来尿尿，看到邻居的房子伸出一条燃烧中的引线(一说是遇到敌军正要以火药炸城)，小孩找不到水源扑灭，灵机一动，撒尿把引线熄灭解救受困的人，人们为了纪念这个小童而在原地做个石雕像永远保留，供后人凭吊。目前的这尊青铜小于连像建于1619年，由比利时雕刻家杰罗姆·杜奎斯诺伊所造。小于连的服装经常更换，我曾见他身穿蓝衣，头戴博士帽，也曾见他身穿孙悟空服装，戴着猴帽，更多时候则是全身裸露，铜体发亮。不变的是那水永远在流，一线如注。这身高仅53厘米的“小童”，为布鲁塞尔“最老的公民”。

布鲁塞尔为欧盟所在地，故有欧盟首都之称。我曾去“欧盟议会”参观多次，此处为一建筑群。常开放的是“游客中心(Parlamentarium)”，服务人员皆彬彬有礼。总台人员发给每人一手机形状的仪器，为一互动多媒体导览装置，该“手机”有一耳机，入内后，每站一台前，则自动激活，耳内就传来介绍内容，可选择的语言涵盖欧盟 24 种官方语言，还有英、法、德、荷兰语的手语导览。介绍内容和图片涉及欧盟议会运行的情况，欧盟成立之历史、发展及现状，各个关键人物的演讲、发言及对话，700 多名欧盟议员如何进行日常工作、制定法规、通过议案。有一厅内有 360 度环绕式数字投影屏展示欧盟议会，能模拟议会之场景，让人仿佛置身于议会现场。又一大厅有桶状仪器近 10 个，可挪动，地上则是欧洲重要城市地图，“手机”在仪器上激活后，推动桶状仪器到某城市边，则在“手机”上打开该城市的介绍视频。整个设计充分运用高科技，逼真生动，资料详尽，无需管理人员，无需导游。据报道，欧盟议会游客中心自 2011 年 10 月开张以来，截至 2013 年 7 月，已吸引 50 万人参观。欧盟 2012 年获得诺贝尔和平奖，当时欧盟议会议长舒兹(Martin Schulz)说，这座奖属于全体欧盟公民，因此奖牌及证书都放在游客中心，供民众近距离欣赏。当你最后走出大厅，还可以在一电脑屏幕前留言，可输入城市名以及姓名，且马上就在墙上的大屏幕上呈现。我每次去都留言，最近一次留言为：I Love you, Leuven(我爱你，鲁汶)。

2012 年 8 月 18 日，恰逢布鲁塞尔花毯节，我也曾躬逢其盛。所谓花毯，就是将数十万朵花摆放成一事先设计好的地毯图案。布鲁塞尔自 1971 年开始，就有这一桩盛事，两年一次，地点是大广场。花毯为长方形，长 77 米，宽 24 米，每平方米要堆放 300 多朵秋海棠，总计 60 万朵。堆放的时候底下铺一层塑料纸，不带一点泥土，所以得非常密，花才能固定住。每年的花毯节都有一个主题，今年的主题是“非洲大陆”，花毯图案如开篇照片所示。窃以为黄色太多，不够鲜艳，我看了历年的照片，1988 年以新疆传统的地毯图案为蓝本的花毯颇具特色。美丽的广场，古老的中世纪建筑。配上 60 万朵秋海棠的花毯，真是美轮美奂，正如设计者 E. Stautemas 所说：“布鲁塞尔花毯之美是独一无二、无与伦比的。”

的确如此，我一见花毯，便心生赞叹，真想在上面打个滚。花毯四边是黄色和棕色交叉的菱形图案，每条“花线”都非常直，没有哪朵花是在直线之外的。古老建筑和花毯交相辉映，更添魅力。登上市政厅 2 楼走廊，俯视下来，则能窥见全貌，果然和原图案一模一样。晚间若在此地，花朵与灯光交相辉映，音乐响起，更是人间仙境。比国虽小，但布鲁塞尔花毯之场面堪称宏大，今日得见，也是幸事。

安特卫普的诗

A Poem on Antwerp

安特卫普(简称安特)是比国第二大城市,下车来,先惊诧于安特的火车站,安特的火车站是我所见过的比国车站中最富丽堂皇的。站前即安特唐人街。外有牌楼,雕梁画栋,据报道称,“牌楼高达 12.3 米,上书‘安市华埠’,为两柱三楼牌楼,采用了中国皇家最高等级的庑殿顶与金龙和玺彩绘,屋面覆盖黄色琉璃瓦,整座牌楼突出了中国古典建筑的韵律,也体现了中国古老文化的内涵。”

再往前走,则至一广场,名曰“绿广场”。此地视野开阔,圣母教堂(The Cathedral of Our Lady,荷兰语为 Onze-Lieve-Vrouwekathedraal)即在眼前,然相比于布鲁日所见,似乎巍峨不足。广场上有一雕像,纪念的是 Peter Paul Rubens,即鲁本斯,他是比利时历史上最有名的画家。由此可见,安特

PHOTO:安特卫普市政厅前的布拉博青铜雕塑,英雄手中的“断掌”,即该城市名的由来。

的历史和画家紧密相连。圣母教堂建于1352年,到1521年方完工,工程浩大,数代人的心血集中于此,因时间跨度长,建筑风格则是哥特、文艺复兴、巴洛克和洛可可式的杂糅。教堂的塔高123米,据说是Benelux(比荷卢,表示比利时、荷兰与卢森堡即Belgium、Netherlands、Luxembourg三词的缩写合称)教堂中最高的。教堂外立面有一小浮雕记录建造场景,为以往所未曾见。

圣母教堂前,即老城的中心广场。广场中间的青铜雕塑最为有名,为一勇士手握一断手,做远掷状,宛如投铅球。这就是有名的Brabo雕塑。据说,安特卫普城市的名字来源于荷兰语"断掌(handwerpen)"。古时有个巨人据守在安特的斯凯尔特河边,每条经过这里的船都得上缴高昂的通行费才允许通过,他横行霸道,人们对他恨之入骨却又无可奈何,最后年轻的勇士布拉博(Brabo)砍掉了这个巨人的手。该青铜雕像刻画了布拉博把巨人断掌扔到河里去的优美弓形身姿,这也是斯凯尔特河恢复自由通畅的一个标志。雕塑背景是市政厅,正面对着教堂,无论从哪个角度看,都是美轮美奂。

再往前走几步,就是斯凯尔特河,河道甚宽,有大船航行其间,这也是安特卫普为欧洲大港之缘由。然河边多为现代建筑,其人文景观反而不如根特。河边有一城堡,荷兰语为Het Steen,即斯腾城堡。斯腾城堡修建于1200年至1225年间,是安特卫普历史最悠久的建筑。城堡历史上曾用作监狱,后做博物馆,如今则是小孩子的游乐场所。堡内入口有一诗,为安特当代诗人Bernard Dewulf所写,即*Aan het water*(《在水一方》)。荷兰语内容如下:

Nu ik nooit van hier zal zijn
en dagelijks afkomstiger ben van elders,

nu ik hier dan toch in een bocht
aan het water een straat heb gelegd,

een vindplaats ingericht voor een kind,
een berk en wat rozen,

nu het kind over de latere voetpaden
met de jaren steeds meer afkomstig zal zijn

uit die straat aan het snelle water
tussen de oude berk en de rozen,

zal ik nooit meer van hier zijn dan nu.

由于不懂荷兰语，只得借助于谷歌翻译和一个英译本，其中有几句大意是说："我如今站立的地方，将来还有更多的人走过，而那时我将永不在。"2012年6月，有人把这首诗做成短短的两分钟的微电影，应该是对时光流逝，逝者如斯的感叹。或者不仅如此，诗里谈的是新生命的孕育，城市的成长，岁月的变迁，人间的沧桑；一个关于“起源”的故事，一个“我从哪里来，要到哪里去”的故事。

匆匆的中饭，匆匆的奢侈品店的驻足，匆匆的鲁本斯故居的游览，匆匆的回鲁汶的火车。安特卫普的打折季，人群熙熙攘攘，摩肩接踵。独我，还在品咂着城堡里的那首诗。

无烈日的列日之行

Liège or Luik?

列日是比国瓦隆地区一大都市，盛名在外。在火车站坐车，一波“三”折。一是买的票是去 Liège，但是一看站点，是去往一个叫 Luik 的地方。问了工作人员，才知道前者为法语，后者为荷兰语，但同为一地。二是买了票，大屏幕一看，火车晚点 20 分钟。比国火车晚点是家常便饭，此地人民亦是见怪不怪，但居然晚点 20 分钟，不由得令“友邦惊诧”！三是在 4 站台等了半小时后，突然见 6 站台一比国妇人对我们挥手狂舞，示意过去，懵懂之余，起身再去看屏幕显示，老天，原来该趟火车已经转移至 6 站台，大概广播已经播报过，我不通荷兰语，故茫然不知。遂下通道，再上到 6 站台。1 分钟后，火车抵站。

鲁汶至列日不过半小时。此前查过天气预报，曰晴。然至列日，却无丝

PHOTO：比利时列日火车站，像大鹏展翅，曾被评比为世界十大最美火车站之一。

毫“日”影，更别奢谈“烈”，较鲁汶冷甚。去旅游办公室取一地图，方才辨认东西。往东走数百米，则至河边，河名为 Meuse(默兹)，河宽约百米，语同伴：此在比国不啻中国之长江。回来查证，果然如此——默兹乃欧洲之主要河道，发源于法，流经比荷，后入北海。河上飘雾，雾若有脚，踏着猫步，缓缓移动，宛如仙境，远处的桥和建筑则隐约可见，如海市蜃楼。

城市中心有 St. lambert 广场，欧洲城市总有一景致不错的城市广场，在列日即为此处。有一建筑颇长，名主教宫，然此时已做司法宫之用。该建筑始建于 1526 年，外观为意大利文艺复兴风格。据说雨果打从列日走过，曾留下如此评价：“如此显赫、严肃和雄伟集于一身的建筑，我还从没见过。”

随意散步，至一教堂，名曰 St. Bartholomew，内有一洗礼盆，据说是 12 世纪的银匠 Renier d'Huy 打造的。金盆直径 1 米，高 1 米，四周雕刻图案。对于没见过青铜器的比利时人说来，这就是大宝贝了。据说还是所谓的“比利时七大奇迹”之一呢！

匆匆沿河往回走，最后方才见到列日最让我惊叹的景色——火车站。那流畅的线条，宏伟的设计，齐一的颜色，怪异的形状，怪不得列日火车站被美国《新闻周刊》评为 2010 年世界十大最美火车站之一！可以说不亚于安特卫普那个百年前的车站，谁说现代建筑就没有杰作呢？

墓园小城伊普尔

Belgian Battlefield Tour in Ypres

伊普尔在法语中写成 Ypres，在荷兰语中写成 Ieper，小城位于比国西北部。伊普尔是“一战”的战场，是盟军和德军对垒之地。1915 年，德军首次在这儿使用了化学毒气，1917 年则使用了另一种叫芥子气的毒气，其名即为 Yperite，源于该小城名。如果提到“比利时战争之旅（Belgian Battlefield Tour）”，或是“法兰德斯战场（Flanders fields）”，则必出现伊普尔的名字。

“泰村”墓园（Tyne Cot）在一草原之中，四周为原野，有马牛在悠闲散步，偶有几间小屋。墓园入口有简单介绍，此处为“一战”中牺牲于“门宇门（Menin Gate）”的 12000 名无名战士之墓，墓碑上则写着 A SOLDIER OF THE GREAT WAR（“一战”中的无名战士），字下则有一十字架，再底下为另一行字 KNOWN UNTO GOD，意为“其名不为世人所知，但上帝必知”。

PHOTO：伊普尔“泰村”墓园中的“一战”无名烈士墓碑，法兰德斯罂粟花年复一年为他们绽放。

墓园中有纪念碑高耸，其后则有一祭坛，上有一行大字：Their Name Liveth for Evermore（他们的名字永垂不朽），上有鲜花覆盖。墓碑整齐，排列成圆，布于荒原，无名无姓，令人怆然。我们穿行其间片刻，有外地游客纷至沓来，有一群英伦中学生也由大巴载来。此处埋英人达 8961 人之多，牵动着多少家庭！

回城则至“门宇门”，此为一巨大城门，上刻有密密麻麻的阵亡士兵之名，门里通道内，处处皆摆放鲜花。自 1928 年以来，这里每晚 8 点举行哀悼死亡战士的仪式，称为“最后的号角（Last Post）”，数十年而不辍，可见西方人对于战争纪念之重视，矢志不忘。站于城门之上，城外则为一护城河。伊普尔颇似中国之城池，有城门高耸，有河护城，易守难攻。沿着门宇门在城墙上走 1 公里的路，则至另一城门，名为百合门，此处又有一墓地，沿河而建。城墙并非全为笔直，每百米则有一弧形凹进，形成一避风港，有船则可停靠，下有一小门，可舍船拾级进城，可见设计时之匠心独运。城墙上树影婀娜，阳光时隐时现，城外则绿水环绕，岸边房屋树木倒映其中，漫步城墙实为游伊普尔的一大享受。若是 11 月来，树叶缤纷，五颜六色，阳光投射，更添斑斓，我敢说此处有比国最佳之秋色。当然思其来之不易，或许该说，此处为比国绝佳秋色中最为沉重者！

南法小城

Cities and Towns in the South of France

奥朗日

法国南部的奥朗日，还保留着古罗马时期的一些遗迹。其古剧场是世界文化遗产。据说建成于公元前 40 年，迄今已有 2000 多年，号称“欧洲保存最完好的古罗马剧场”。路易十四曾夸赞过它，说它是“我王土内最精美的城墙”，剧场外观雄伟，由巨石垒成，有 103 米长，1.8 米厚，37 米高。2000 多年来，多少人曾在这舞台上表演过，然后又谢幕下场，人来人往，不变的只有那巨石青苔书写的沧桑。该剧场迄今仍在使用，在剧场内大声说话，仍可听到回音。试想若在剧场内上演一历史剧，恺撒大帝大声狂吼“I came, I saw, I conquered!”演员在此只要自然而为，即可跨入历史场景；观众不必费力，即已置身于历史长河。此为奥朗日古剧场之得天独厚处。

PHOTO：作者在法国南部阿尔勒，凡·高咖啡屋的留影。

阿维尼翁

阿维尼翁分旧城和新城，旧城为圆形，外有城墙包围。城墙绵延，城垛、城塔完好无损。相隔数百米则有一城门，供车子出城入城。此不失为保护旧城之佳法，当年北京城如果也能如此效法，当是大幸！此地有圣贝内泽桥（Pon Saint-Bénézet），或称阿维尼翁断桥。西湖的断桥名不副实，“断桥不断”，但此地的断桥，确实是断在河中央，离对岸尚有十几米，可谓名副其实。传说 800 多年前，15 岁的牧羊少年贝内泽受到神灵启示，决定在罗纳河上建一座桥。他独自将一块十几个人都抬不动的巨石搬到河边，确定了建桥的位置。当地民众在他的率领下，历时 8 年，终于将大桥建成。大桥本来长 900 多米，有 22 个拱形桥洞，是欧洲中世纪建筑的杰作。有一首老歌《在阿维尼翁桥上》唱道：“在阿维尼翁桥上，人们跳舞，在阿维尼翁桥上，人们围成圆圈跳舞……”这首歌使大桥声名远扬。不过，大桥建成后曾多次被洪水冲垮，又多次重修，直到 17 世纪，人们决定放弃这种努力。如今的贝内泽桥是一座仅余 4 个拱形桥洞的断桥。在桥上遥望远方，清风扑面，颇感惬意。

南法小村

南法小村“红土城（Roussillon）”，顾名思义，整座小村都是红色泥土房，远远看去像是一团燃烧的火。小村建于一座山顶，遥望四周，莽莽苍苍，唯这小村遗世独立，颇有世外桃源之感。另有一村为“石头城（Gordes）”，该村则全由石头搭建，比红土城略大，上有教堂一座，此外还有纪念碑。徜徉在石头城，仿佛当年逛庐山牯岭的感觉。该处曾出现在描绘法国普罗旺斯的电影《美好的一年》（*A Good Year*）中。另一小村则是“泉水城（Fontaine de Vaucluse）”，水清澈见底，可在其中划艇，不胜惬意。泉水城在山脚下，此处的山格外漂亮，悬崖峭壁，有古堡依山而建。水草碧绿，且有水车数架，嘎吱嘎吱作响，宛如沈从文笔下的边城之景。

阿尔勒

罗纳河畔的阿尔勒是个小城，有名的小城。其名声一来自古罗马的遗迹，一来自凡·高。小城历史悠久，公元前曾是古罗马帝国的一部分，1981年，阿尔勒的古罗马遗迹和罗马式建筑被列入世界文化遗产名录。

小城里的凡·高故迹有凡·高医院，为四合院模样，院内种着各种鲜艳花草，屋内似开辟为图书馆，唯有那黄黄的墙壁，似乎在提醒着我们天才画家喜欢的色彩，此外，还有在院内静静地坐着写生的后学者。城中还有一处凡·高咖啡屋，是凡·高的名作《夜间的露天咖啡座》的蓝本，位于形式广场（Place du Form），凡·高曾这么描写该咖啡屋：“一家咖啡馆的外景，有被蓝色夜空中的一盏大煤气灯照亮的一个阳台，与一角闪耀着星星的蓝天。我时常想，夜间要比白天更加有生气，颜色更加丰富。”我去探访的时候，咖啡屋前搭着的黄色雨篷几乎盖住了其店名，只有走到雨篷底下才拍下店名，也圆了到此一游的梦。两位法国男人在喝咖啡，他们见我拍摄店名，友好微笑，示意我坐下，给我拍了一张身在凡·高咖啡屋的照片。

马赛

一八一五年二月二十四日，避风堰了望塔上的守望者，望见了从士麦拿经过的里雅斯特和那不勒斯来的三桅大帆船埃及王号。了望塔上发出了讯号，并立刻派出一位领港，绕过伊夫堡，在摩琴岬和里翁屿之间上了船。

圣·琪安堡的阳台上挤满了看热闹的人。在马赛，一艘船的进港始终是一件大事，尤其是象埃及王号这样的船。

还记得童年时在小村庄里读的《基度山伯爵》中的开头，第一章的标题就是“船到马赛”。这套书到了我的手里只剩下残本，第四册不知道在谁的手中。因此，那些年，我那小小的脑袋里经常翻腾的就是：基度山伯爵最后究竟报仇了没？邓蒂斯、美茜蒂丝这些名字就在脑海里翻滚了好多年。

20多年后，我终于来到这个城市。来到伊夫岛，伊夫岛上的伊夫堡。岛很小，除了堡之外，就只剩下灯塔。城堡前有一座吊桥，森严的朱红色大门敞开着，正面是硕大的圆柱结构，仿佛张开双臂欢迎来人，但一想到里面暗无天日，邓蒂斯被关押14年而将牢底坐穿，不禁不寒而栗。事实上，城堡在1529年就修成，主要是保护马赛不受西班牙人和土耳其人入侵，同时作为皇室炮舰的停泊口，对1480年才归属法国的马赛形成一种监视。1844年，大仲马的《基度山伯爵》一书出版，使得伊夫堡名扬天下。连我，在中国小山村的一名学童，也知道远在千里之外的法国南部海上，有那么一处令人窒息的地方。匆匆地参观，匆匆地留影，在邓蒂斯囚室和法利亚长老的囚室，透过那一个狭小的窗口，可以看到外面蓝蓝的海，白色的帆，还有天空中自由飞翔的海鸥，可以听到海风呼啸，甚至是不远处马赛的喧闹，然而对于被囚禁者而言，只有无边的黑暗、痛苦和绝望。回程时坐的船，恰好名为 Edmond Dantes(爱德蒙·邓蒂斯)，给了我意外的惊喜。

马赛城里制高点为圣母守护教堂(Basilica Lady of the Guard)。这座华丽的新拜占庭式教堂坐落在海拔 150 米的石灰岩山顶，为马赛的地标，当地居民通常称之为 la bonnemère(好母亲)。在这里可以俯瞰马赛全城，远处大海，近处红瓦，尽收眼底。守护圣母圣殿的钟楼高 60 米，顶部是圣母的巨大雕像，高约 11.2 米，金光闪闪。据说，几乎在马赛的任何角度以及数里外的海上都可看到这尊闪闪发光的圣母像。和比利时教堂的内部呈暗灰色不同，该教堂内部颜色鲜艳，金碧辉煌，装饰着马赛克和壁画。当年邓蒂斯在伊夫堡里苦苦煎熬的时候，他是否也曾想过航行时每天都能看到的守护圣母的庇护呢？答案应该是肯定的，伊夫堡于他的，是等待；而圣母于他的，则是希望。

尼斯

尼斯的法文名为 Nice，其全名为 Nice la Belle，意为英文的 Nice the Beautiful，可以想见这城市的美丽。城市的广告语是 Nice is nice，这个要翻译成中文可不容易，因为三个词倒过来读音也一样，我把它译为“尼斯迷死你”，如此从后往前读，读音也一样，但原文优雅，译文俗气。文字游戏之难翻，不免让译者望“文”兴叹。

尼斯有一俄罗斯东正教大教堂，该教堂建成于1912年，由沙皇尼古拉二世出资建造，是俄罗斯东正教会在俄罗斯境外最大的一座主教座堂。之所以兴建该教堂，是因为19世纪中叶，俄国贵族仿效英国上层阶级和贵族的时尚，前往尼斯及附近小镇旅行并定居。东正教大教堂模仿莫斯科圣帕索大教堂而建，外观的红砖墙来自德国，绿色琉璃来自意大利，洋葱形的圆顶贴金箔，正面的马赛克是俄工匠用手一片片拼贴出来的。穹顶有五，其一分外高，另有四个做陪衬，另有钟楼一座。教堂和以往所见的迥然不同，外观呈红色，富丽堂皇，给人明亮鲜艳的感觉，与以往所见的灰色调教堂形成反差。

西班牙双城记
A Tale of Two Cities in Spain

巴塞罗那

巴塞罗那(以下简称巴萨)之奇主要来源于高迪建筑。我们在巴萨的时间只有一天半,走访了 4 个高迪建筑——圣家堂(Sagrada Familia)、古埃尔公园(Parc Guell)、米拉之家(La Pedrera)和巴特罗之家(Casa Batllo)。前两个是认真探访,后两个则是路过而已。

圣家堂和以前见过的教堂迥然不同,正面望去,四座尖塔高耸入云,塔顶则像是一朵盛开的奇幻之花。从外观看去,该建筑似乎是无序的杂陈,没有一条直线,也没有一个面是平面,外立面上像是随意粘贴着一些面团,随意倒挂着一些奶油,走在底下,你会担心那一团奶油是否会突然掉下来。教堂里面,屋顶也非直线条,而是宛如巴掌伸开,有着许多锯齿交错,给人错乱又和

PHOTO: 巴塞罗那古埃尔公园的入口,堪称世上造型最奇特的传达室。

谐之感。教堂内整体色彩为米黄色，在灯光下呈现暖色调，所以毫无阴森之感，只觉得非常温暖，令人想到春暖花开。整个圣家堂仿佛是一座大森林，教堂内的柱子也有很多分叉，自然得犹如树木的枝杈，屋顶则是一张张棕榈叶。怪不得有展览名为“高迪和自然”，事实上，圣家堂就是高迪凭借着想象对大自然进行模仿而成。所以一切虽然貌似无序，但却有着一种神秘的和谐。最天才的艺术家无需多少技巧，仅凭自然而为，就能巧夺天工。虽然这是件未完成的作品，外面的脚手架已立了数十年，也不妨碍它早早就被列入《世界文化遗产名录》。因为住在圣家堂附近，得以望见夜晚 10 点多的圣家堂，对面的灯光打在正面的四座塔上，那一刻的圣家堂更加充满了诱人的鬼魅。常说，“黄山归来不看岳”，我们似乎可以模仿一句：圣家归来不看堂。

古埃尔公园亦是如此。正门口的那座小建筑必定是地球上独一无二的传达室。那栋小建筑的屋顶像是大奶油铺在上头，奶油倒挂下来，令人垂涎欲滴，不规则的房子，把人带入一个童话世界。色彩是奇幻的，鲜艳夺目，而且对比强烈，令人耳目一新。入口台阶中间的建筑外形则是一只趴着的大蜥蜴，俯瞰着人来人往。蜥蜴嘴巴微张，四脚伏地，尾巴翘起，满身蓝色的马赛克，辅以黄色条纹，给人强烈的视觉感受。蜥蜴身后则是一张大嘴，不是人的嘴，是一条蛇！一条盘绕的蛇，从天而降，绕了一个大圆，故形成了一个大平台。平台底下是林立的大柱子，大柱子的屋顶也是马赛克贴成色彩斑斓彩瓷拼成的天花板。这是建筑么？毫无疑问，这是超越了建筑的建筑，是艺术化的建筑。置身于斑斓的蛇身之上，每个人都是那么感动，那么兴奋，甚至喜极而泣，为这个天才的艺术家缔造的缤纷世界！

高迪建筑看完，我们走了巴萨有名的Rambla大街。大街北起加泰罗尼亚广场，南至哥伦布广场。这一路上各式商品琳琅满目，美不胜收。加泰罗尼亚广场磅礴大气，有大喷泉两个，广场上有数百鸽子，西人在此沐浴阳光，一派惬意。广场上有巨大横幅：Catalonia，Next Independent State in Europe（加泰罗尼亚，下一个欧盟的独立国），看来巴萨并不甘心仅做西班牙的一座城。哥伦布广场上的哥伦布像高耸入云，右手高举，远望大海，气象恢宏。海边游轮、船艇林立，又有形状怪异之新桥若干。Rambla大街让人流连忘返，游人只希望它不要有尽头，然而路总有尽头。于是，聪明的巴萨人，将Rambla大街巧妙地延伸至大海，让其接入另一个无穷的天地。也让游人的巴萨之旅达到“言有尽而意无穷”之巅峰感受。

马德里

马德里的确是西班牙的代表，马德里的阳光给人活力四射的感觉。走到太阳门广场（Puerta del sol），坐在喷泉旁，晒着太阳，广场上有一小熊雕像，小熊直立着，用鼻子去触草莓树，一副憨态可掬的模样；再走到马约尔广场（Plazza Mayor），坐在那“场面宏大”的咖啡桌之间，来一杯咖啡，看看那湛蓝的天空，望望那高坐在马上的菲利普三世铜像。这就是马德里，几乎所有的雕塑，都是高坐在马上，手里拿着长枪。还有西班牙广场上的堂吉诃德，他也骑着马，而他的仆人则骑着驴。塑造他们形象的塞万提斯则端坐在纪念碑

上，手里拿着一本书。在丽池公园（Parque del Retrio）里，则是阿方索十二世的雕像，依然高骑在马上，面对着一大片湖。唯一例外的是哥伦布广场的哥伦布雕像，因为哥伦布采用的交通工具是船，所以不适于骑马，他高耸于一根柱上，遥望远方，广场上巨大的新大陆石雕昭示着这位意大利人的伟大。

马德里的骄人之处，还在于西班牙皇宫，据说是欧洲第三大皇宫，如今则开辟为博物馆。宫内陈设纷繁，藏品众多，壁画艳丽，雕刻精美。陶瓷厅有来自数百年前中国景德镇之花瓶，有一屋为中国屋，墙上皆画有中国古代之山水人物，但不知为何竟为当时皇帝吸烟之所。

马德里 Prado 博物馆馆藏丰富至极。西班牙、法兰德斯和法国的画作琳琅满目，戈雅、提香、拉斐尔、波提切利、鲁本斯等绘画大师的作品尤多。匆匆3小时未能尽览。印象至深的是同为亚当和夏娃的题材，鲁本斯和提香的画作放在一起，两相对照，相映成趣。提香的作品中，颜色似乎更为艳丽，夏娃更为丰满；而在鲁本斯的画作中，亚当则没有无花果叶遮体，树上多了一只鹦鹉。圣经真是西方艺术的源泉，多少人以之为题材，创作了不朽的作品。

PHOTO：马德里太阳广场，马德里的市标——熊和野草莓树。据说，马德里古时乃一小村落，熊群出没，草莓树遍布。

意大利双城记

A Tale of Two Cities in Italy

大哉罗马

条条大路通罗马，的确如此，罗马给我的感觉就是大气，无与伦比的大气，无论是梵蒂冈博物馆，还是圣彼得大教堂，抑或是斗兽场。真是大哉罗马！

梵蒂冈博物馆中给我印象深刻的，是埃及馆的木乃伊和动物头像的神像、雕塑厅里的《拉奥孔》(*Laocoön and His Sons*)、西斯廷厅里米开朗琪罗绘的《创世纪》(*Genesis*)和《最后的审判》(*The Last Judgement*)，还有挂毯厅的那些壁毯，地图厅的那些古代意大利地图，庭院里的青铜松果和破碎的地球。总之，博物馆里，没有一处是裸露灰白墙壁的，无论是屋顶还是四壁，都有精美的壁画或浮雕，让人目不暇接。每一幅画都有来历，每一个雕塑都有故事。

PHOTO：古罗马废墟遗址，昔日的雕梁画栋都只剩断壁残垣。

感觉参观完这个博物馆之后，再有涉及天主教的博物馆似乎都已不必再看了。

罗马许愿池(Fontana de Trevi)人头攒动，几无立锥之地，想拍独照亦无可能，总有左右两"守护神"闯入镜头。喷泉自天而降，似三叠泉，中间立有一尊被两匹骏马拉着奔驰的海神像，雕塑精美，在此扔 3 枚硬币，据说能梦想成真。循着《罗马假日》里公主之脚步，我们又来到西班牙广场，此地的 377 级台阶上也坐满了人，也有人手中拿着公主当年拿着的甜筒冰激凌，双塔沐浴在阳光中，静静俯瞰着眼前的喧嚣。

斗兽场(Colosseo)是有 2000 多年历史的老建筑，这个椭圆形的竞技场昭示着罗马的历史，现在成了罗马的象征，《罗马假日》里公主坐上出租车，要去的地方就是这里。午夜走访斗兽场，必有另一番滋味，我们寻访的时候则是清晨。朝晖落在古老的巨石上，反射出古典的金黄色光芒，仿佛置身于历史长河中，走进了 2000 多年前那种令人屏息的角斗场面：武士从通道进入竞技场，而野兽则通过一种手动电梯自下面的笼子里一跃而出，两两对视，一场生死大战开始了。徜徉在斗兽场，四周的风声似乎都让人战栗，让人胆寒，又让人颇生悲怆之感。恋恋不舍地离开斗兽场，穿过君士坦丁凯旋门，来到古罗马废墟遗址。此地皆断壁残垣，巨石上仍留有一些雕塑和字迹，周围则是花草留香，信步其中，我们也分辨不出哪里是恺撒神殿，哪里是奥古斯丁神庙，那种残缺的美令人心碎也让人心醉，想当年这里曾是罗马经济政治生活的中心，而今安在哉？废墟曾被埋在地下上千年，直到

19 世纪才重见天日。罗马人并没有修复它，而是 let it be，让我们看看这个被毁坏的大器！大哉罗马！

秀水威尼斯

终于来到威尼斯，来到这个梦里水乡，小时候课本上的文字仿佛一下子鲜活了。

水城威尼斯，的确如此。来欧之前，知道苏州有“东方威尼斯”之称，来欧之后，才知欧洲的斯德哥尔摩、阿姆斯特丹，以及比利时的布鲁日都有“北方威尼斯”之美誉。但苏州或是布鲁日的河就像是大动脉流经城市，而威尼斯的河更像是毛细血管，由一条大动脉细分开来，可以流到家家户户的门前窗外。威尼斯人家打开窗户就能看到河流，躺在枕边就能听到水声，如果哪天潮涨得大了，也许河里的水就流进了家门。这不奇怪，我们坐船时，船夫指着一户人家说，这一家的一楼天天都进水。看看他们一楼台阶前的青苔和贝壳，顿觉威尼斯人身居其中，或许是痛苦的幸福。

有水必有桥，威尼斯的大小桥梁据说有 400 余座，多数是小小的石拱桥，

PHOTO：威尼斯叹息桥下贡多拉缓缓摇过。叹息桥上，天堂往左，地狱往右。

像是玉带搭在两街之间，桥洞甚低。城中有一大桥名为里阿尔托桥，横贯主河道之上，此为一廊桥，上有顶棚，可遮雨，都已辟为店家，此地人群摩肩接踵，热闹异常。圣马可广场附近有一桥最为有名，名为叹息桥，桥悬半空，处于总督府和监狱之间，据说船行至此，常听桥上有人叹息，故有此名。桥仅两三米，然一边是天堂，一边是地狱，向前跨一步则命运天差地别，的确让人感慨。

既然水代替了路，那么船也代替了车。在威尼斯游玩，可以选择徒步，穿行于城里纵横交错像迷魂阵一般的小巷。也可乘船进城，船是此地唯一的交通工具。船分数种，一种是大船，像是公交巴士，从罗马广场到市中心的圣马可广场估计有数十站之多，沿途可下，观赏景点之后，再乘下一趟“水巴”。二是较小的汽艇，上写 taxi 字样，为出租船，据说价钱昂贵。三是各个酒店或私人的汽艇，这里的酒店都备有专用汽艇，且酒店旁有一码头专门停靠船只，为客人游览和运送行李提供方便，私家的船也系在河边。四是贡多拉(Gondola)，这是威尼斯特有的小船，船头船尾翘起呈月牙形，船夫站在船尾左侧，撑着一支长篙，多为游客乘坐。贡多拉一词来源于拉丁语，意为“摇”，坐在船上，确实摇摇晃晃，摇进了威尼斯的小巷内。河道忽东忽西，四通八达，威尼斯的河道深不过两三米，窄处仅容两艘船通过，行船一律靠左，故鲜有河道拥堵情况。据船夫介绍，划贡多拉亦是世代相传之职业，要成为合格的贡多拉手也不容易。就语言而言，除母语外，还得掌握英语、法语，最后一课则是游泳。

巴黎的鳞爪

Paris: A Moveable Feast

夕阳中泛舟塞纳河为游巴黎之乐事。游船从埃菲尔铁塔下出发，过圣母院后折回，行程约 1 小时。游船经过大小皇宫、协和广场、罗浮宫、圣礼拜堂和巴黎圣母院等，诸多建筑在夕阳里，金光闪闪，分外漂亮。尤其是圣母院，双塔凌云，沐浴在夕阳余晖中，威严宁静，就是小时候想象中的模样。太阳下山后，天色变暗，灯火开始明亮，我们马上就置身于“桨声灯影里的塞纳河”了，等到再返回铁塔边时，塔上数千盏灯已经一起点亮，人群顿时兴奋起来，特别是最后一刻，灯火开始闪烁，仿佛是一塔的火焰在流动，千百个灵魂在跳跃。那种极致的美丽蓦地从天而降，令人猝不及防，于是一船的人都欢呼起来，快乐顿时得到释放。

罗浮宫“包罗万象”，一进去茫茫然不知何往。好不容易找到苏利庭院，

PHOTO：登顶巴黎圣母院，塞纳河风景尽收眼底。

先是参观了中世纪的罗浮宫遗址，之后走几步即见狮身人面像，这是埃及馆的标志。斯芬克斯卧在神龛内，静静地、慈祥地打量着过往的人群。之后到希腊罗马雕塑馆，看了《米罗的维纳斯》(*Vénus de Milo*)，这是罗浮宫的镇馆之宝。维纳斯的身体据说是非常符合黄金分割比例的，体现出古希腊的审美趣味。之后就随着熙熙攘攘的人群走动，苏利、德农、黎塞留馆都走了一遍。

记忆中有哪些是最感动的呢？

埃及馆中的书记员坐像，是公元前2700年前后的石像，彩色石灰岩雕像，铜眼睛嵌水晶石，生动得宛如要流出眼泪来。他盘腿而坐，手握一卷纸，平视前方，仿佛是在专心聆听君主讲话，然后将其记录下来。书记员估计是一种史官，负责记录国王的一言一行。由于坐姿长久不变，书记员的工作又缺少活动，他已经有了明显的小肚，体态浑圆。4700多年前的雕像能够如此栩栩如生，真是难得。古希腊雕塑馆中的《沉睡的海尔玛弗狄忒》(*Hermaphrodite endormi*)乍一看，像是一位美少女卧于柔软的床垫之上，细看才知道，那床垫是冰冷的大理石。少女体态丰满，曲线突出，但绕过去见其正面，居然见到男性第一性征。回来一查，网上有行家如是说：在古希腊神话中，美少年海尔玛弗狄忒是赫尔墨斯(Hermes)与阿弗洛狄忒(Aphrodite)的儿子，他拒绝了水仙子萨拉玛西斯(Salmacis)的仰慕和追求，水仙子为了能与他永远在一起，遂要求主神将他们的身体合二为一。从此海尔玛弗狄忒成为雌雄同体。在西方的神话时代，"雌雄同体"作为创始神和人祖神的情景相当普遍，在雕塑和神话中随处可见，是古代人表示全能、力量及自足的普遍方式。《蒙娜丽莎》(*Mona Lisa*)前自然是人头攒动，应该说是围成铁桶一般，很难靠近。画作只有77厘米长，53厘米宽。所谓观看，就是挤进去拍一张照片，然后赶紧出来。每天都有那么狂热的景象上演，只因《蒙娜丽莎》是镇馆之宝中的镇馆之宝。神秘也许是其深入人心的原因所在。她(抑或是他)是谁？为何微笑？为何从哪个角度看，她都在微笑？她的微笑为何那么与众不同？一切都无解，一切都是谜。此外还有些什么呢？记得有一个厅里，里面有24幅画风统一的巨幅画，作者是安特卫普的画家鲁本斯，那些画像描绘了亨利四世的妻子玛丽德梅德西斯皇后的一生，从她和亨利四世结婚起，到亨利四世去世后她垂帘听政，而后被其儿子亨利五世放逐，又言归于好等一系列的故事。请当时名满天下的鲁本斯为其一生画像，是其晚年对儿子提出的一个请求。幸运的是，这个请求被答应了。于是有了这个厅，我们由此得以看到五百年前这位女性多姿多彩的坎坷一生。用画作赋予其永恒，这真是一位聪明的女人。

路易十四是法国历史上非常重要的帝王，1643年至1715年在位，长达72年，和同一时期的清朝皇帝康熙(1662—1722)不相上下。他们俩若在天国相见，想必会相视而笑。一个会说说故宫的事，另一个则会谈谈凡尔赛宫。和中国皇宫一样，凡尔赛宫的主色调也是金黄色，连大门也镀金，闪闪发亮，昭显着皇家的豪奢。要知道路易十四自诩为“太阳王”，自然钟爱太阳的颜色。路易十四还多才多艺，是位芭蕾舞爱好者，有一厅叫马尔斯厅，据说就是当年的舞厅，可以想见当年在其中翩翩起舞的还有路易十四本人。那双脚既能驰骋疆场(凡尔赛宫前有路易十四骑在骏马之上的铜像),又能跟着音乐曼舞。这就是路易十四。凡尔赛宫内最令人喜爱的是镜廊,一面面镜子立于墙上,头顶则是一盏盏形状奇特的吊灯,其他地方则全是壁画和金闪闪的雕饰,人行其中,宛如置身于水晶宫中,此地正对花园,适宜俯瞰,视野宽敞。

登顶巴黎圣母院亦是巴黎记忆的一部分。登顶需要排队,要等上一拨人下楼来,下一拨人方可入内。塔高69米,沿狭窄石梯盘旋而上,且中无间歇,不免腰酸腿疼。我们上的是南塔,可看相对的北塔,亦能见楼内之大钟,雨果笔下那丑陋的敲钟人如今身在何处?登高望远,可见塞纳河在脚底流淌,此处亦是俯瞰塞纳河之佳处。下楼后观其大门,左侧大门的四座塑像中有一座是无头雕像,头被捧在手中。他就是把基督教带入法国的第一位主教圣丹尼斯(Saint Danis)。当年统治者迫害基督教徒时,圣丹尼斯被砍了头。据说他自己把头捡了起来,捧在手中一直走到了蒙马特高地才倒地死去。圣母院前还有法国公路网零起点的标志,从巴黎到马赛有多少公里,就是以圣母院作为原点计算的。我们就是在原点上转了好几圈才结束了一天的旅程。

1921年,海明威来到巴黎,多年后,他曾对友人说:"假如年轻时你有幸在巴黎生活过,那么你此后一生中不论到哪里,她都与你同在,因为巴黎是一席流动的盛宴。"我们在巴黎只待了短短的5天,可如今与家人聊天也常常谈起:这个时分的塞纳河会是什么样子?巴黎,的确是流动的盛宴啊!

水上之城：阿姆斯特丹
Amsterdam: A City on Water

阿姆斯特丹(以下简称阿姆)得天独厚之处在于它的河。没到阿姆之前，就知道它号称“北方的威尼斯”。走访过后，真为它这个称号叫屈，如果不是欧洲文化发源于古希腊古罗马，威尼斯早在文艺复兴之前就名扬天下，而那时的阿姆还是个小渔村，那么历史或许会改写，威尼斯也许该叫作“南方的阿姆斯特丹”。接下来这一串数字就能说明问题：阿姆有大小运河 165 条，运河总长度超过 100 公里，拥有 90 座岛屿和 1500 座桥梁。

威尼斯运河像是解不开的线团，阿姆的运河则整齐有序。最中心的河叫作辛厄尔河(Singel)，是中世纪的运河。环绕着阿姆城，从里到外分别有绅士运河(Herengracht)、皇帝运河(Keizersgracht)和王子运河(Prinsengracht)，最外头还有另一条辛厄尔运河(Singelgracht)，这在 17 世纪荷兰黄

PHOTO：阿姆斯特丹风车村，远处风车，近处木鞋。

金时代成为该城的外部边界。阿姆的运河比起威尼斯来要大气得多，河道宽广，两边都是大树，秋天倒映在水中的黄绿色树叶分外漂亮，像是童话世界。运河边上还停着许多船上人家，每家每户都把自己的船屋打扮得漂漂亮亮，有些船漆成金黄色，船头船尾和窗户上都摆满了盆栽和盆花，家家不同，非常别致。有河则有桥，此处的桥不以雄伟见长，但有两座吊桥颇为奇特，若大船驰过，该桥可以吊起，让出一条通路，为之前所未曾见。

阿姆的别致之处，还在于其城市建筑，在辛厄尔运河之内侧的阿姆斯特丹老城，所见的都是风格统一但又形态各异的19世纪之前的建筑，典型的低地国家的民宅，房子狭窄，屋顶成三角形，三角形的两边成锯齿形。由于其大门狭小(据说当时以门面征税)，有些大件东西不易挪进屋内，很多阿姆的房子在屋顶都建有一大钩，用来吊运家中大件，亦是有趣。

阿姆之趣，亦在其对于性的开放态度上。阿姆有两座性学博物馆，在火车站边即有一座，里面陈列丰富。另车站边沿河两岸专辟为红灯区，我们的住所离市区较远，故未曾在晚间游览，然而四五点钟亦有橱窗女郎立于斜阳里、窗帘下，搔首弄姿，“整装待发”。此外，在西教堂边则有一处河边三角地带，为同性恋纪念碑，是纪念“二战”时被迫害的同性恋，这里长年堆满鲜花。

荷兰是个大农村。我们第二天就来到阿姆的乡下风车村。村中的房子皆色彩艳丽，绿色红色，间或夹杂，艳而不俗，宛如童话世界。风车村中，水道纵横，小桥平卧，风吹涟漪，倒影绮丽，真是梦幻般的绝美风景。风车建于河边，据说两三百年前繁盛时多达千架，最早是用于汲干地上的水，后来被用于加工稻米、大麦、纸浆、烟草、颜料等，此时只有20余架残留。即便如此，亦是阿姆之特有风景。在风中，看那4片风叶随风旋转，恍若置身于中世纪。我们登上一颜料风车看其工作原理，煞是有趣。村里草地连绵，芦苇飘飘，其中有牛羊无数，颇有“风吹草低见牛羊”之气势。

卢森堡的堡

Castles in Luxembourg

在卢森堡，我们先去小镇维尔登（Vianden），看那边的古堡。路颇曲折，需先乘火车至小镇艾特布鲁克（Ettelbruck），再坐汽车去维尔登。乘车换车，且喜无等车之苦，环环相扣，饶是如此，至小镇，仰头看古堡之时，已在中午时分。雨瓢泼而至，缆车亦停，遂徒步雨中，艰难前行，小镇房屋，五颜六色，然屋顶皆青瓦，乱中有序。万圣节刚过，家家门口皆摆放南瓜，亦有做成灯形，有一家则摆放众多物件，花篮瓷瓶，连秦兵马俑亦放置门前，装扮得分外漂亮，可见此地路不拾遗，夜不闭户。盘山道走10余分钟，则入古堡。古堡以早年罗马时期的一个要塞为基础，于11—14世纪扩建成目前规模，号称莱茵河以西最著名的中世纪古堡。古堡中陈列的，亦是各种武器，堡主之卧室、客房、餐厅及厨房种种，古堡之变迁，各国政要参观之照片等，不一而足。在堡

PHOTO：傍晚时分，卢森堡大峡谷中的教堂。

中俯瞰小镇，小河一弯，居民百余户，教堂若干座，粉墙黛瓦，甚是好看。卢森堡小镇比之比国小镇，似乎更见缤纷色彩，且更整洁，更有灵动感。小镇上还有雨果故居，据说为雨果当日流放之地，然而只在桥头见一雨果铜像，故居则似已辟为餐厅。小镇何幸，有大文豪屈尊容身此处；雨果何幸，有古城堡小河水温情相伴。

坐车回卢森堡这一路上看路两边的满山秋景，色彩鲜艳，犹如置身于桃花源内，有树落叶殆尽，只剩下鸟窝丛丛，有时数十株并排，鸟窝则达数百之多，甚是壮观。再游卢森堡市内，时间已颇紧张，至阿道夫大桥(Pont Adolphe)，俯瞰峡谷，红叶满地，树则有红黄绿三色，层次分明，有小河穿谷而过，又似有云雾缭绕。再望不远处的圣母教堂三塔林立，以及12米高的裙摆飞舞的金黄色胜利女神雕像。此处是卢森堡又一胜景。之后则至“三兄弟”塔前，因该三塔相互依存，远望像是三支连体铅笔，底下是圆柱，上头则是蓝色的圆锥帽子，远远望去，让人忍俊不禁。等走到近处，方知其实为两圆柱体，中间一塔为长方体，连接两圆柱，且塔底有拱门可穿行。之后又至卢森堡古堡(Casemates Bock)，据说此堡为岩石中凿建而成。在堡上俯瞰底下小河，可见古桥一道，教堂民居簇拥，远处的卢森堡新城建筑，乃至更远方的残阳红霞，真如童话世界，此为卢森堡之行第二高潮。天色已晚，不忍归来，觅路下堡，到达谷底，教堂前空地上，摆有数十排长灯，两岸路灯亦已点亮，灯光在河中摇曳多姿。卢森堡分两层，桥上桥下，谷底陆上，仰望俯瞰，风物变换，更值深秋，色彩斑斓，残阳灯火，交织梦幻，此情此景，心醉神迷，但不知何年何日能再重游？

布达佩斯之恋
Budapest and Gloomy Sunday

2012 年 12 月 10 日至 12 日，游玩了匈牙利的布达佩斯。

链子桥是布达佩斯的标志之一，它连接了布达和佩斯两部分，桥下就是蓝色多瑙河——那摇曳着梦幻的多瑙河。桥头卧着两只雄狮，桥上有两道大拱门，蓝色的铁链穿越拱门，在桥上起伏，形成了两道优美的正态分布曲线。桥一边是山，雪还未化，山上有城堡，有皇宫（现已开辟为博物馆），有教堂，有渔人堡。登山俯瞰链子桥以及对岸的国会大厦，风景绝佳。教堂名为马加什(Matthias)，白色尖塔高达数十米，屋顶瓦片尤其漂亮，为难得一见的红黄暖色，间杂绿色。渔人堡则是 7 座白色圆锥形尖塔，据说代表最早移居匈牙利的 7 个马扎尔人部落，中间有走廊串在一起。说是城堡，其实就是一段防御工事。古代渔人堡下面就是多瑙河边的鱼市，守卫渔人堡的人多为渔夫，故

PHOTO：布达佩斯多瑙河畔的渔人堡。其有 7 座塔，代表 7 个马扎尔人部落。

而得名,最高一堡内,有咖啡屋一间,中有炉火,游人围坐其间,亦很温馨。在渔人堡中穿行,通过门洞看各个尖塔,看近处的马加什教堂,远眺链子桥和国会大厦,心旷神怡。

国会大厦是布达佩斯最气势恢宏的建筑,金碧辉煌,宛如皇宫。我们参观了一圆形大厅,墙上有16位匈牙利的历代国王雕塑,其中一女性居功至伟。厅内站两士兵,不苟言笑,持刺刀立于一旁,原来他们保卫的乃是一王冠——圣伊斯特万王冠,是在公元1001年加冕的圣伊斯特万国王所戴的王冠,一直是匈牙利民族的象征。王冠具有千年历史,历经坎坷,"二战"后曾流落至美国,1978年归还匈牙利。后至议会大厅,为选举处。桌椅为红木,富丽堂皇,墙壁红黄色,色彩斑斓。每桌上有表决器4个——同意、反对、弃权和要求发言。大厦旁为民俗博物馆,亦可一看,里面陈列匈牙利数百年来民间之器物,有木船、麻布、陶瓷、手工艺品等,甚至还能看到刨子、曲尺,与中国匠人所用的颇为相似,还有乡间的锅灶、木床等。

在饭店吃饭,喝的汤颇有中国的味道,咸、微辣,与比国迥异。晚间则至一小酒吧,听匈牙利民间音乐,先为4人演奏——1人吹单簧管,2人拉小提琴,1人拉大提琴,音乐似有中国北方之草原民歌风格。后又来2人,其中1人使用桌子大小的打击乐器,形状类似扬琴,敲击琴弦,则发声。听了1个半小时,茶已凉,方才起身离开。匈牙利乃音乐之邦,民乐中似含有东方韵味,但不够嘹亮,似有种淡淡的忧愁,恰如那蓝色的多瑙河。

布达佩斯的淡淡忧愁是有其原因的。在这座城市漫步,处处都有纪念的痕迹。墙上挂着的花环，犹太教堂里墙上的名字，昏暗的大屠杀纪念馆，哪怕是圣彼得教堂外和 Vajahunyad 城堡中的圣诞市场，似乎也给人一种难以名状的沉重感。也许因为许多人是看了电影《布达佩斯之恋》之后才去的布达佩斯吧。脑海里萦绕着的还是那首传说中著名的自杀曲《忧郁星期天》(*Gloomy Sunday*)。中欧男子、高瘦穷、忧郁、音乐、多瑙河、铁链桥、犹太人，这些构成了让我禁不住喜欢布达佩斯的城市元素。

马斯特里赫特的圣诞市场

Christmas Market in Maastricht

“马城”即是荷兰古城马斯特里赫特之简称。马斯河将城分为东西两部分，河上有桥5座，最古老的一座名为圣塞尔法斯大桥，据说是荷兰最古老的大桥。桥上有别具风味的路灯，是用霓虹灯圈成一个个圆柱，宛如中国的灯笼，望去灯火灿烂，煞是好看。

马城的圣诞最“圣”最“诞”。Vrijthof广场的圣诞市场把人带到圣诞的气氛中去。各种小孩子的娱乐游戏，旋转木马、摩天轮、滑梯等，还有各种吃的穿的戴的，一应俱全。演奏着圣诞音乐的乐队，圣诞老人的雕像，还有一个巨大的溜冰场，中间有一棵银光闪闪的冰做的圣诞树。和鲁汶不同的是，这里每家店铺都造型各异，形状、摆设、灯光等各有其美丽之处。整个圣诞市场的背景是高耸的教堂，一是古朴雄伟、双塔凌云的圣塞尔法斯教堂（Saint

PHOTO：圣诞期间，马斯特里赫特 Vrijthof 广场上的溜冰场。

Servatius Basilica)，一是鲜红如血、瘦削秀美的圣约翰教堂(Sint-Janskerk)，另一边则是装饰风格不同但美丽如一的各种咖啡吧。圣塞尔法斯教堂里还布置了一间关于圣经故事的房间，也让人感觉非常圣诞。

马城的美也体现在它的古意中。马城也有城墙，但其城墙不像伊普尔那么完整，而是这边一段，那边一段，有一种残缺的美。“地狱之门”是 13 世纪的城门，也是荷兰最古老的城门，保留至今，依然发挥其功用，有车子和行人从门下进出。为何称为“地狱之门”呢？中世纪的欧洲曾流行黑死病，城门对面的一座白色小屋(Pesthuis)是当时收留隔离黑死病病人之所。换句话说，出了这个城门，就到了地狱。“地狱之门”外，还有一段城墙，墙外有两渚，中有喷泉，旁有垂柳红枫，水中鸭子嬉戏，活泼有趣。出城走 20 余分钟，则至一山丘，即为圣彼得山(Sint-Pietersberg)，上有一城堡，建于 18 世纪，城堡呈方形，每边各有上下两排数十个炮眼，瞄准来犯的敌人。马城还有水车一座，吱吱呀呀地仿佛在诉说着其过往历史。

马城的美还体现在马城人的精心布置中。和比利时不同，荷兰的建筑较为艳丽，街道中间是石头铺路，但两边的建筑，比利时多讲究齐一，而荷兰似乎更讲求变化。相邻的两间房设计和颜色多有不同，外面的装饰也各异，但都别出心裁，夺人眼球。有些房子窗户是往外翻开的木窗，窗呈白色，偶有红色点缀其中，非常美丽。圣母教堂边上的广场，大树上挂满了一盏盏圆圆的霓虹灯球，像是气球漂浮于其上。游走于马城，问了若干次路，荷兰人为人热情，英语熟练，让人不觉旅行之苦。

天鹅堡和国王湖

Neuschwanstein Castle and Königssee Lake

在慕尼黑游玩了天鹅堡和国王湖，那是值得一看的童话世界。

在去天鹅堡的路上，远处的天际出现了绵延的雪山，第一次看到近处白雪覆盖的原野、房屋，远处白雪皑皑的山峰，让人到中年的我们也不由雀跃，拿起相机在车厢里忽左忽右地窜来窜去，惹得德国人满脸疑惑。两个多小时后，终于来到天鹅堡，此处的别墅也漂亮别致，墙体或黄或绿，鲜艳夺目，远处的山顶积雪泛着耀眼的金光，近处的湖泊倒映着山、雪和树，美不胜收。天鹅堡有两座。高天鹅堡在山底，呈黄色。而新天鹅堡则在山顶，主体灰色，瓦片黑色，入口处则有红黄等色砖点缀，增加丰富色彩。此处有高塔多座，直插云霄，更兼雪山映衬，非常漂亮，仿佛置身于童话世界。从玛丽安桥远眺天鹅堡，还可以望见远方冰雪覆盖的原野，可谓观景绝佳处。

PHOTO：从玛丽安桥远眺雪中的新天鹅堡，可谓占尽天时地利之便。

国王湖亦甚远，从慕尼黑坐车近 3 小时方到。我们买了船票去了湖中的 S. Bartholoma 教堂，即有名的红顶教堂。当日有杏花雨，山顶有积雪未化，山间云雾缭绕。船路过刻有十字架的岩壁，此为朝圣者遇难处，另有大瀑布一处，在云雾中若隐若现。路过回音壁时，船夫对着山吹号，过数秒钟后，从对面山峰传来回音，亦是奇妙。最壮观的当然是红顶教堂。此处两雪山形成一碗口，而教堂置于碗口间，有穹顶四个，皆红色，与四周青山白雪黄叶形成对照，倒映水中，真如人间仙境。偶有云雾飘过，绕顶盘旋不去，让人心醉神迷，不忍归去。然而，我们还是得上岸，“悄悄是别离的笙箫”。远处的雪峰可能是德国第二高峰瓦茨曼峰，在眼前的或是耶拿峰？一切都难以辨识，此刻我们也没有机会登峰，无缘看看希特勒的鹰巢，也没有冒险去看看瓦茨曼峰的冰窟。然而，仅在红顶教堂周围的徜徉，就已经有了羽化登仙之感。

杂拌儿

Leuven and All That

致我们终将逝去的青春:毕业十五年

To Our Eventually Lost Youth

九七高三八班,当年曾叱咤风云于严中。而今弹指一挥间,十五年时光飞逝,当年顽童,已成栋梁,而今再聚乌龙山下,追昔忆旧。独我此刻身在鲁汶,未能躬逢其盛,作一小文以记之。

岁在辛未,序属三秋,百余蒙童,会于严州。此地有崇山峻岭,巍巍乌龙,新安绕城,三江汇拢。东西两湖,参差分布,凌云双塔,盘空秀耸。校以地名,史称严中,沧桑百年,气势如虹。青葱顽童,懵懵懂懂,幸逢良师,启蒙有功。吴师稳重,董师玲珑,徐师温婉,尽瘁鞠躬,遂文理兼习,融会贯通。或有碧溪泛舟,严陵垂钓,娱游暇日,其乐融融。

几经更迭,调整方终。五十六座,水泊英雄。考场疆场,叱咤风云,球场

PHOTO:鲁汶街边住家窗口的小雕像,像在看着过往的人群,思索着:人从哪里来,要到哪里去?

情场，争先恐后。无水火不容，有并蒂芙蓉。文有老潘，唯美唯真，理有钭哥，求是求真，赵师至善，翩翩士绅，熔为一炉，浑然天成。龙山野营，兰江毅行，南峰探梅，北峰观景，四时风物，变幻不停。求学于此，一生何幸！

乡试过后，各奔东西，天南地北，相逢难期。而后俗务缠身，忙于生计，名利双刃，患得患失，相思情怯，欲语还止。然吾生须臾，倏然而过，沧海一粟，天地蜉蝣，青春飞逝，盛年难重，不亦悲夫？

尝记苏子所言，水与月者，逝者如斯，自其变者而观，天地瞬息；自其不变者而观，物我无尽。虽人过而立，早生华发，音容笑貌，不复当年，然今相识廿年，再聚严中，忆乌龙山下青葱岁月，叙新安江畔花样年华，不亦快哉？母校恩泽，师长教诲，同窗情谊，弥足珍贵，当为永恒，虽历千万世，与天壤而同久，共三光而永光。是为记。

吾唯知足
Happiness Lies in Contentment

傍晚要起身离开研究所的时候，同所的西班牙同事跟我说，她这周末就回国了，以后可能会偶尔来一两天，总之是离开了。邀请大家周五一起吃个晚饭，喝点酒。我不假思索地点头。她是属于联合培养的学生，每年在鲁汶大学待几个月。

她是典型的南欧人，风风火火，到哪里都有她的声音，刚开始还不太习惯。后来因为每天总要说几句话，说说做的课题、西班牙的大学制度，以及她的学校等（她说她的大学有近千年历史，但又说大学历史跟声誉没有必然联系）。有一次她知道了我研究英语新词，还给我看法国举办的一个英语新词会议的信息。这里的办公室就像是所谓的 hot desking，没有哪个座位永远是你的，你总得走，带不走这里的一张桌子、一把椅子。虽然多年后，你也许会

PHOTO：马德里“西班牙广场”上的雕塑，表现的是西班牙民族舞蹈弗拉明戈舞。

想起那个研究所里，你坐在上面晃来晃去看着窗外风景的那把椅子。椅子还是那把椅子，而人则是经常变换着面孔。想起《鲁拜集》里的那首诗："当你和我在帘幕之后过身，噢，椅子仍将久久久久留存，它对我们生来死往的留意，恰似沧海留意一叶的浮萍。"（陈次云译）

既然要走了，想着送点什么东西给她。我从小除了会涂点鸦，也不会啥。记得初中时一次书画展览，语文老师嘱我写个刊头，我随手写了个气贯长虹的："今日涂涂画画，明日一笔惊天下。"这个"明日"已经过去20年，都变成"天涯明月刀"了，结果水平还是停留在涂涂画画上。想起前几天看到朋友去日本京都龙安寺拍的一张照片，寺庙洗手小池上刻有"吾唯知足"，昭示了东方人的哲学思想——知足常乐。这还挺有创意，4个字都有"口"，于是凿一方孔代表"口"，其余部分分别添上，看上去浑然一体，颇像一个汉字。日本的东西多模仿中国，一查果然如此，原来汉代的一个钱币就是如此设计的，钱币外圆内方，方孔正是"吾唯知足"4个字共同借用的"口"字。

更有趣的是，这4个字的顺序如果变化，则含义会有所不同，但又都能读通，比如"吾唯足知""唯吾知足""知足唯吾"。我还用英文解释了一大段，大体含义是"幸福即满足已经拥有的（happiness is contentment with what we have）"。最后祝愿她"知足常乐"，不过崇尚哥伦布精神的西班牙人多半不会明白我们中国的道家哲学的。

天使爱美丽

Amelie: The Girl Who Loves Stone-Skipping

来鲁汶之后，白天在研究所看书累了，回到家吃过晚饭，偶尔会看一部电影。往往是去了某个城市游玩，就想找相关的电影来看看，去了布鲁日之后，就找了《杀手没有假期》(*In Bruges*)；去了滑铁卢，就看了《滑铁卢之战》(*The Battle of Waterloo*)。南法回来，则相继看了描写普罗旺斯的《美好的一年》(*A Good Year*)和 2002 年新拍的《新基度山伯爵》(*The Count of Monte Cristo*)。下个月要去巴黎了，于是找法国片《天使爱美丽》(*Le Fabuleux Destind' Amélie Poulain*)来看。我以前总不理解，为何我的老师汪榕培先生翻译陶渊明的诗要去他的故乡九江考察，翻译《牡丹亭》要去汤显祖做过县令的遂昌参观，现在终于有点明白了。去了那个地方，读起相关的文字来才会有感性认识，感觉自己跟这块土地有所关联，否则干巴巴的几个字，搅不起心

PHOTO：法国蒙马特高地，电影《天使爱美丽》中的双磨坊咖啡馆，吧台上挂有“爱美丽”的剧照。

中的波澜。

看完《天使爱美丽》之后，心中挺温暖的。艾米莉的微笑是暖暖的，她很善良，同时又有点小狡黠，专门捉弄坏人。电影名的翻译总是跟原文很不一样，西方电影好像经常用人名做题，但翻译成中文如果弄个外国人名，总怕激不起兴趣，这里本该译为“艾米莉”的，也弄成容易望文生义的“爱美丽”。我在看电影之前，还在想，天使已经够美丽了，为什么还要“爱美丽”？

艾米莉总助人为乐，而且保持着一颗纯洁的童心在帮助人。有个细节，相信看过电影的人都记得。艾米莉每见到一块滚圆的平坦的石片，都会习惯性地捡起来揣在兜里。第一次我还看不懂呢，后来才明白，原来这么大的人还爱打水漂呢。看一块小石片在湖面上漂呀漂，到底能漂上几次？（网上查的最高纪录好像是 51 次，而且这项运动西方小孩都爱玩，另外还有一群学者从力学角度，把打水漂当作课题来研究）。小时候我们都曾玩过这样的游戏，门前的池塘边都曾经有过这样的比赛，然而等你上了中学，等你开始穿上西装，再次路过那个池塘，你会弯下腰捡一块石头打打水漂么？你会随时随地见一块水漂石就“有所预谋”地放在口袋里么？

我们都不会，但艾米莉会。楼上的那个 30 年来唠唠叨叨的寡妇，隔壁那个一天到晚不出家门的孤寡老人，还有街上那个有点智障的卖菜伙计，我们都这么熟视无睹地从他们身边走过，最多不过报以同情的目光。而艾米莉则不是，她总是通过那么别出心裁的方式来悄悄地帮助他们，开导他们，升华他们，然后自己偷偷地在一边微笑。怪不得，她的名字就叫“爱美丽”呢！

毫无疑问，这个爱打水漂的艾米莉会打一辈子的水漂。打水漂在英文里面叫作 stone skipping，不过汉语里的“打水漂”有引申义，指的是一个投资失败了，一笔钱收不回来了，而英语中的 stone skipping 没有类似引申。当然，爱打水漂的完美女孩艾米莉最终肯定不会打了水漂，因为“爱打水漂的女孩自己也掠过了水面（the girl who loves stone-skipping skips herself across water）”，艾米莉就像是水漂石一样，也会在湖面上翩翩起舞，而且和石头不一样的是，她还会轻盈地跳上对岸。佛都说了，渡人者渡己。

自你走后

After You Left

自你走后，鲁汶就开始冷了。你走后的第二天，我路过读书郎“阿福”身边，发现竟有人给他穿了绿色的毛线裙，斜跨一个花色的毛线包，头上戴了白色的绒帽，帽上还有一朵绿色的花，脚上还着了线袜，可惜你不在身边了，否则你一定会快乐得欢呼雀跃。

自你走后，文学院对面的那家苹果酒吧的脚手架拆了。记得你来鲁汶的第一天，我带你去那里喝的，那种红红的带着樱桃味道的酒，叫作 Kriek。那一次我告诉你比利时是个啤酒国度，每种啤酒都对应着一种杯子。从那一次起，你就爱上那种啤酒，每次到超市，都要买一瓶，在安特看到一家橱窗里摆着这种酒，非得指着它拍张照呢。我们以为那个脚手架要很久才能拆，可自你走后，它就拆了呢。

PHOTO：鲁汶市“智慧之泉”读书郎雕像，冬日里，鲁汶人给他戴上帽子，穿上毛线裙。

自你走后，我一个人第一次去了一趟“大仓库”超市。我很后悔没带你去过，如果早点带你去，也许你会看到很多你喜欢的、价格又不贵的食品。记得在家乐福，我们总是感叹这里的虾好贵，而且永远不贴打折的黄标签，我见你每次拿起虾又放下的那种惋惜模样。可是昨天在“大仓库”，我居然看到打折的虾，于是今天做了来鲁汶之后的第一顿虾，可惜这是在你走了之后。

自你走后，我一个人也懒得跑“大黑狮”了，也懒得去找打折的365超市了，我嫌一个人走那段路太远太寂寞。在家乐福我也懒得去找代表打折的黄标签了，随便拿了一颗大白菜就走了。记得每次，你都要在豆芽架边比了又比，看看哪包豆芽更好，每次我都不耐烦。可是，此刻多希望你在身边能够比上一刻钟，再决定是要左边的那包还是右边的。

自你走后，我就很少走“寡妇村”附近那个斜坡了，每次都是坐公交车去研究所。你在的日子，为了省钱，每次我们都走去市里，甚至走到火车站。还记得接你回来的那个晚上，我们拖着两大箱行李在午夜穿过鲁汶城，在那斜坡边，我跟你说还有10分钟就到家了，很快了。还记得巴黎回来的那个晚上，由于碰上比利时的罢工，我们背着沉重的包在又冷又饿的午夜走在那斜坡上，斜坡那么长，仿佛永远没有尽头，那雨仿佛也没有尽头。自你走后，鲁汶仿佛一直在下雨呢。

自你走后，我就开始后悔，后悔没带你去更多的地方，后悔没有给你买一双合适的运动鞋，后悔没让你尝尝Godiva巧克力，后悔拍下的合照太少，后悔让你做太多的饭、洗太多的碗……自你走后，我常常望着艾晗堡窗外的树，一个人在窗前等着黑夜来临。

所谓"江南"

Jiangnan and Gangnam Style

朋友让我看一段韩国人的跳舞秀，叫"江南 Style"，说最近大热，仿作四起，连英国人也模仿他们来了段"伊顿 Style"，可谓是东学西渐。我看了一遍，不由一笑，在这个娱乐时代，什么都能成为调侃的对象，包括——江南。

虽然韩国的江南区并非中国的江南，但提到江南，我的脑海里会迅速跳出几行诗来，比如"骏马秋风冀北，杏花春雨江南"。与豪放的北国风光相比，江南是温柔水乡。又比如"暮春三月，江南草长，杂花生树，群莺乱飞"，江南似乎总是和"春"连在一起，春花烂漫，处处莺啼。再比如"陌上花开，可缓缓归矣"，这是吴越王钱镠给王妃的信里写到的，春天来了，你可以一边赏花，一边慢慢回来。短短九个字，诠释了幸福。写信人兴之所至，收信人顿生暖意，后人读此，亦觉幸福。

PHOTO：杭州萧山湘湖景色——小桥流水人家。

哪儿是江南呢？在地理概念上来看，江南大体指的是吴越一带，包括现在的上海、浙江、苏南和皖南。然而，“江南”一词唤起我的，并不是一种地理概念，那种记忆与味道似乎不着痕迹。所谓“江南”，到底有什么含义呢？按照语言学家观点来说，“由词之结伴可知其义(you shall know a word by the company it keeps)”。试想，如果把中国数千年的诗词汇拢在一块，那么“江南”会被哪些词语所包围呢？可能会是这些吧：杏花、春雨、杨柳、小桥、流水、水乡、园林、黄莺、酒、状元、玉人、外婆、软语、温柔、醉、采莲。是啊，江南的人说话是吴侬软语，江南可采莲，江南有“红酥手，黄縢酒”，江南是“小桥流水人家”，江南有“玉人”“教吹箫”。“外婆”在江南，也是一种文化符号，“摇啊摇，摇到外婆桥”，换成“姥姥桥”“奶奶桥”就不是那个味道了。

还记得10余年前，我在北国读到钱谷融先生的《江南味道序》时，那种怦然心动之感：

> 江南是水乡，到处溪涧纵横，绿草如茵，景色十分清幽。水是流动的，象征着江南人的活泼、富有生命力。可江南的水，少有汹涌奔放的气势，只是长年潺潺汩汩地流淌着，培育出江南人特有的温和柔美的性情。俗话所说的“上有天堂，下有苏杭”，可以说是江南的总代表。这里的一切，都是那么温馨、轻柔和灵巧。论戏曲则有绍兴的越剧，苏州的评弹；论工艺则有苏州的刺绣，杭州的织锦；讲菜肴则有杭州楼外楼的西湖醋鱼，苏州松鹤楼的乳腐肉；

要买醉则有苏州醇香，绍兴花雕；想品茗则有狮峰的龙井，洞庭的碧螺春……这一带的人，特别懂得乐享生活，善于捕捉生活里的各种情趣。他们总是显得那么悠闲，那么从容自在。

当然，如果是 2012 年的媒体中，包围“江南”最多的那个词，可能是 style。不知“江南”一词在韩国有什么文化含义，但中国的“江南风格”肯定不是视频中人的“范儿”。有意思的是，韩国的“江南”一词读成 gangnam，我怀疑这可能是从中国的江南地区传过去的。在江浙的吴方言中，“江”是读成 gang(“刚”音)，我小学时有一位敬爱的女校长，姓江，但我们叫她“gang 老师”。韩国的“江南”一词也许就是中国“江南”的孳生，然而，文化是很难移植的，正如钱谷融所说的，“真正的江南味道，是江南景色与江南风俗人情的统一”。希望《江南 Style》的出现不要颠覆人们对于江南的印象和记忆，因为彼江南非此江南。应该也不会颠覆，因为《江南 Style》只是昙花一现，而江南的味道则会永恒。

棍子的比喻

Family Metaphor: A Bundle of Sticks Tied Together

1月的鲁汶基本上是“雪国”，前一场雪还没化呢，后一场雪又接踵而至。在金圣叹那个年代，“雪夜闭门读禁书”，是人生一快事。我于是闭门看电影，有一部电影，叫《史崔特先生的故事》(*The Straight Story*)，很是感人。

电影情节很简单，是一位年过古稀的老人开着割草机去看望中风在床的哥哥这一路上发生的故事。老人行动不便，走路需要两手杖相扶。割草机行程接近700公里，路上大概开了近两个月，风餐露宿。之所以开割草机，是因为他视力弱，没有驾照，也不想坐车，于是以自己特有的方式完成了这一看似不可能完成的壮举！

他在路上遇到形形色色的人，首先是一个离家出走的女孩，老人对她说的一个故事，至今记忆犹新。老人说，外孙们小的时候，他喜欢和他们玩一个

PHOTO:《史崔特先生的故事》的剧照。老人开着割草机去看望千里之外的哥哥。

游戏,给每人一根棍子,让他们折,很轻松就折断了。接着,给他们一捆棍子,这一下,他们就没法一下子折断了。然后他补充一句说,这一捆棍子就是“家庭(family)”。之后,老人回到自己的“房车”中去睡了,独留下那问题少女在烤火。第二天早上老人醒来,女孩已离去,火堆旁放着一捆扎好的棍子。女孩想必已经回家去了吧。

之前,我们有一个模式化的想法,认为和西方人相比,中国人更注重家庭观念,在中国传统的基层社会组织方式中,家族和家庭等占据很重要的位置。而西方人一成年,就离开家,跟父母兄弟之间的情感便转淡了。但从这部电影看来,或许并非如此。是什么样的力量,激励着这位老人走完这段看似不可能的行程?正是手足之情,血脉相连的手足之情!西方人在圣诞节期间,也和我们过年一样,想尽办法赶回家去,过一个团圆节。回头再看“一根棍子”的比喻,“一捆棍子”在西方人的眼中,是一个“家庭”,其整体的力量大于每根棍子的力量之和。由此可见,“家庭”在西方人的心目中也是举足轻重的。

淡泊与宁静

What You Should Not Care About

我在系里咖啡室的书架上，看到这本专著《蔓延的模式：英语补语系统的演变》(*Spreading Patterns: Diffusional Change in the English System of Complementation*)。作者是另一个研究所里经常见面的一位博士后，是一个80后，其著作是在牛津大学出版社出版的，他的论文曾发表在语言学领域的顶尖杂志《语言》(*Language*)上。平时见面他总是微笑，非常谦恭。因为博士论文的缘故，我去他的办公室聊过几次，办公桌前放着一页纸，第一列写着十个歪歪扭扭的汉语词语，有“计划”“和谐”等词，第二列则注出拼音，第三列注出英文意思。这是他每天的功课。我听说他原先学过一点汉语，但不知他勤奋至此，几乎每天都在学。我送了他一幅字，是诸葛亮的那几句话：“夫君子之行，静以修身，俭以养德，非淡泊无以明志，非宁静无以致远”。我觉得他

PHOTO：马赛圣母守护教堂前的童子像，昭示宁静的真谛。

是一个相当淡泊和宁静的人，称得上真正的君子！谦谦君子，温润如玉。又说，智者不锐，慧者不傲。的确如此。一个真正有着独立之精神、自由之思想的知识分子，也必然是一个谦谦君子。他不会对名利看得太重，不会对利益过于计较。陈寅恪如此，胡适亦如此。我一直喜欢老清华和西南联大的知识分子，因为那些穿着长袍的君子，在自由、独立的同时又透着谦和与圆润，在引进西方学术的精神的同时又继承了中国传统知识分子（即余英时笔下的“士”）的优点，那种成熟大气而又不浮躁的风格，应当是我们所追求的学术传统。

翻译家杨宪益也是颇有君子之风的人。杨宪益翻译了上自《诗经》《楚辞》，下至明清小说如《红楼梦》以及鲁迅小说等，总计2000余万字的著作，多少西方人都是通过杨宪益的文字，了解了中国的文学和历史。然而杨宪益面对记者，淡淡地说这些都没什么。这就是为什么他把翻译的《资治通鉴》的手稿转手送给了澳大利亚的友人，这就是为什么他家中找不到一本他自己翻译的书。我想，这些有着君子之风的人一定读过罗素的一篇散文《论如何避免愚蠢想法》，结尾处说，“人只不过是广阔宇宙一小角落中一小行星中的一生命之短短一瞬。宇宙中其他星球或许存在外星人，他们之于我们，就像我们之于水母。”是啊，一个人所做的事放置在茫茫时空中是多么渺小的一丁点啊，有什么可以骄傲的呢？这道理，有些人年轻时就明白了，而有些人一辈子也没弄懂。

鲁汶 Style
Leuven Style

鲁汶学联组织的新年晚会，有一节目叫“鲁汶 Style”，用的是《江南 Style》的旋律。学联的朋友让我帮忙，照着旋律填《鲁汶 Style》歌词。我想着鲁汶工科男的生活，仓促间填了一个。在艾晗堡从早到晚所见的都是工科男骑车匆匆而过的身影，是单调但也偶有乐趣的生活。下面是《鲁汶 Style》，仅供一笑：

我吧，鲁汶 Style

鲁汶 Style

八点半睡眼惺忪就往实验室跑

一整天八小时无间断像个机器猫

PHOTO：艾晗堡，代勒河，欧洲女人——鲁汶的风雅。

大雪天全身裹得像个胖萝卜

骑车回家单调的生活

生活虽苦，我还是要 high

满脑子里想的都是 SCI

每天逛逛鲁汶心情，跟老朋友说声 Hi

从来不想哲学问题 who am I ... I ... I ... I

我是 PhD

是每天都不放松写 paper 发 *Nature* 的 PhD

是中午在 ALMA 磨磨叽叽的 PhD

是吃着 mussel 喝着 Stella 的 PhD

是每天盯着小比师妹眼睛不眨的 PhD

是那样的 PhD

天天回家都要去趟 GB 或是大仓库

看看有没有甘蓝或者苦苣

比利时没啥可吃的

连块鸡蛋糕也要叫华夫

我啊，头上顶杯酒，手里拿本书

就像市中心那个叫 Fonske 的雕塑

平凡从不是我的范

PhD 更是男子汉

是驾着车周游欧洲的男子汉

是抽烟喝酒从不吃巧克力的男子汉

是荷兰语法语英语顶呱呱的男子汉

那种男子汉

在鲁汶,最盼望的是圣诞和过年

在“拉肚子广场”,喝一杯红红的 Glühwein

还有那热狗面包,加上羊肉串

顺便在打折季买个狼爪和北脸

寄回家啊,让咱爸咱妈也穿穿

你今天心情不好吗？（鲁汶版）

The Blue Day Book: A Lesson in Cheering Yourself Up (Leuven Version)

记得大学里看过一本画册《你今天心情不好吗?》(*The Blue Day Book*)，是一本动物写真集，非常有趣。翻看在鲁汶拍下的照片，似乎也可以模仿它写一篇鲁汶版的“你今天心情不好吗?”

2012年7月

比利时滑铁卢小镇狮子山纪念碑

每个人都有忧郁的日子。

2012年 5月

布鲁塞尔旧证券交易所大楼

2012年7月

鲁汶“甜水泉”

和周围的一切都那么格格不入

2012年4月

鲁汶艾哈堡

2013年1月

法兰克福欧洲中央银行

2012年9月

鲁汶“圣灵降临日”的表演

2012年 6月

那慕尔市政厅广场

2012年8月

鲁汶艾晗堡前

2012年 8月

鲁汶“布鲁塞尔大街”

2012年 8月

鲁汶大学图书馆

2012年 8月

鲁汶大学图书馆前“拉肚子广场”上的“图腾”

2012年 8月

鲁汶 Muntstraat 大街的玛格丽特雕像

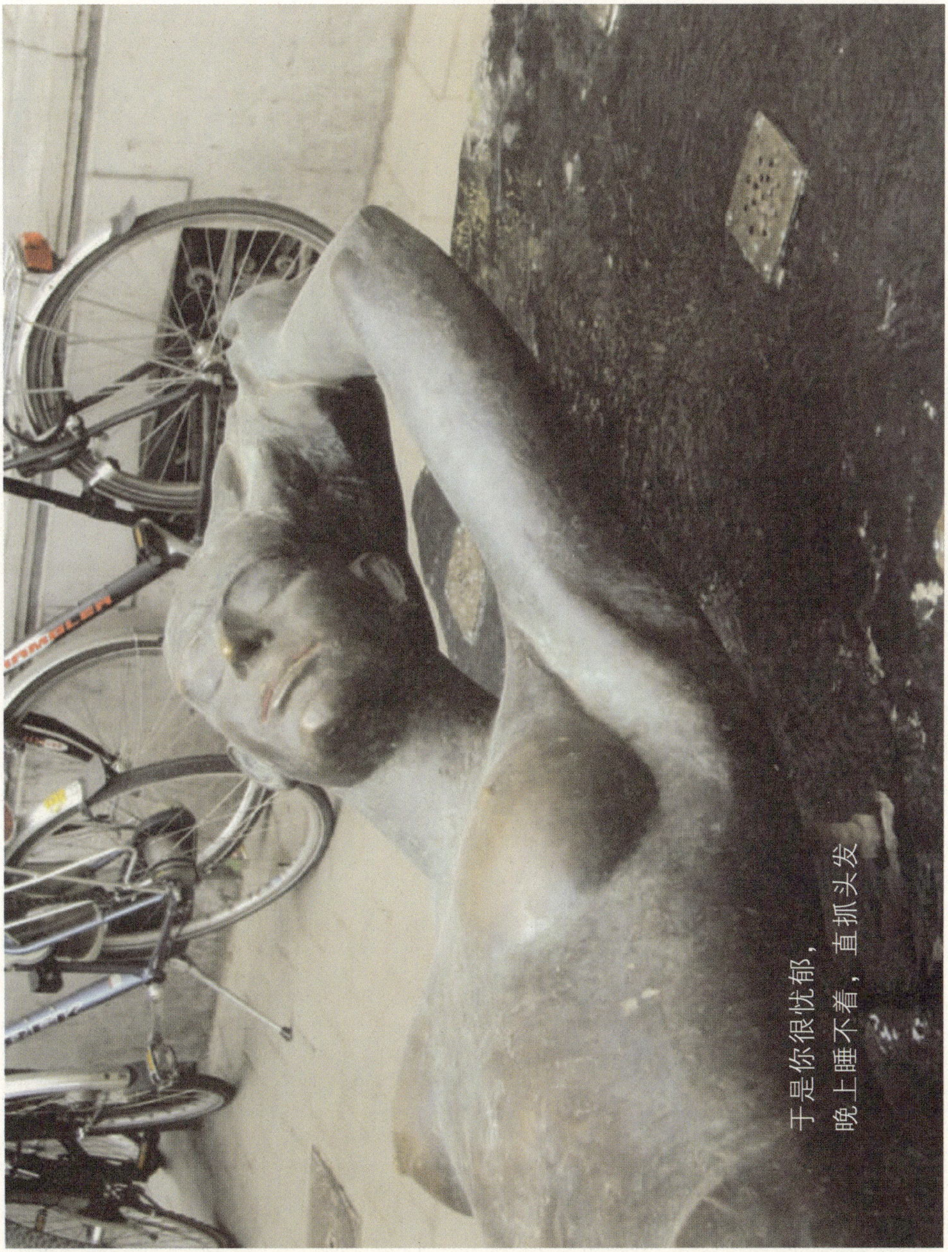

2012年 11月

鲁汶大学文学院大楼门口

2012年 8月

鲁汶大学 Atrecht College 附近的“丽丽”雕像

2012年 12月

德国海德堡老桥桥头

牙疼脸肿，不愿照镜

2012年9月

鲁汶圣彼得教堂边的滑稽人物雕塑

恨不得让脖子短到——可以把头缩进肚子里去

这的确很不明智，因为你只能年轻一次（YOU'RE ONLY YOUNG ONCE）。

2012年9月
圣彼得教堂敲钟人雕像

2012年8月

布鲁塞尔花毯节时期的大广场

2012年 9月

鲁汶植物园

2012年8月

布鲁塞尔天鹅餐厅标记

2012年 8月

鲁汶代勒河畔的雕塑

或者至少可以背着手，
踱着属于自己的方步

2012年10月

阿姆斯特丹风车村

2012年 8月

鲁汶市中心的伊拉斯谟雕像

2012年5月

鲁汶贝居安会院

一定要把自己的家打扮得漂漂亮亮的

2012年7月

鲁汶去"甜水泉"路上之乡间别墅

2012年 12月

马斯特里赫特民居

2012年 5月

布鲁塞尔街头即景

还有那自行车

2012年7月

鲁汶乡间别墅外景

2012年 5月

布鲁塞尔“尿尿小童”

2012 年 8 月

鲁汶市政厅里收藏的读书郎雕像

2012年 2月

鲁汶“头脑风暴日”，反对以动物做实验的游行示威者

也可以用善意的方式，
表达自己作为动物保护主义者的诉求

2012年9月

布鲁塞尔大广场附近

也可以在大街上来个行为艺术，
考验你耐力的时候到了

2012年10月

巴黎，电影《天使爱美丽》里浪漫梦幻的蒙马特双风车咖啡厅

2012年9月

布鲁塞尔皇宫花园

2012年 6月

鲁汶街边巧克力店

2012年8月

鲁汶步行街上的面包师雕塑

2012年9月

马德里丽池公园里的“面包树”

2012年9月

布鲁塞尔皇宫内的展览

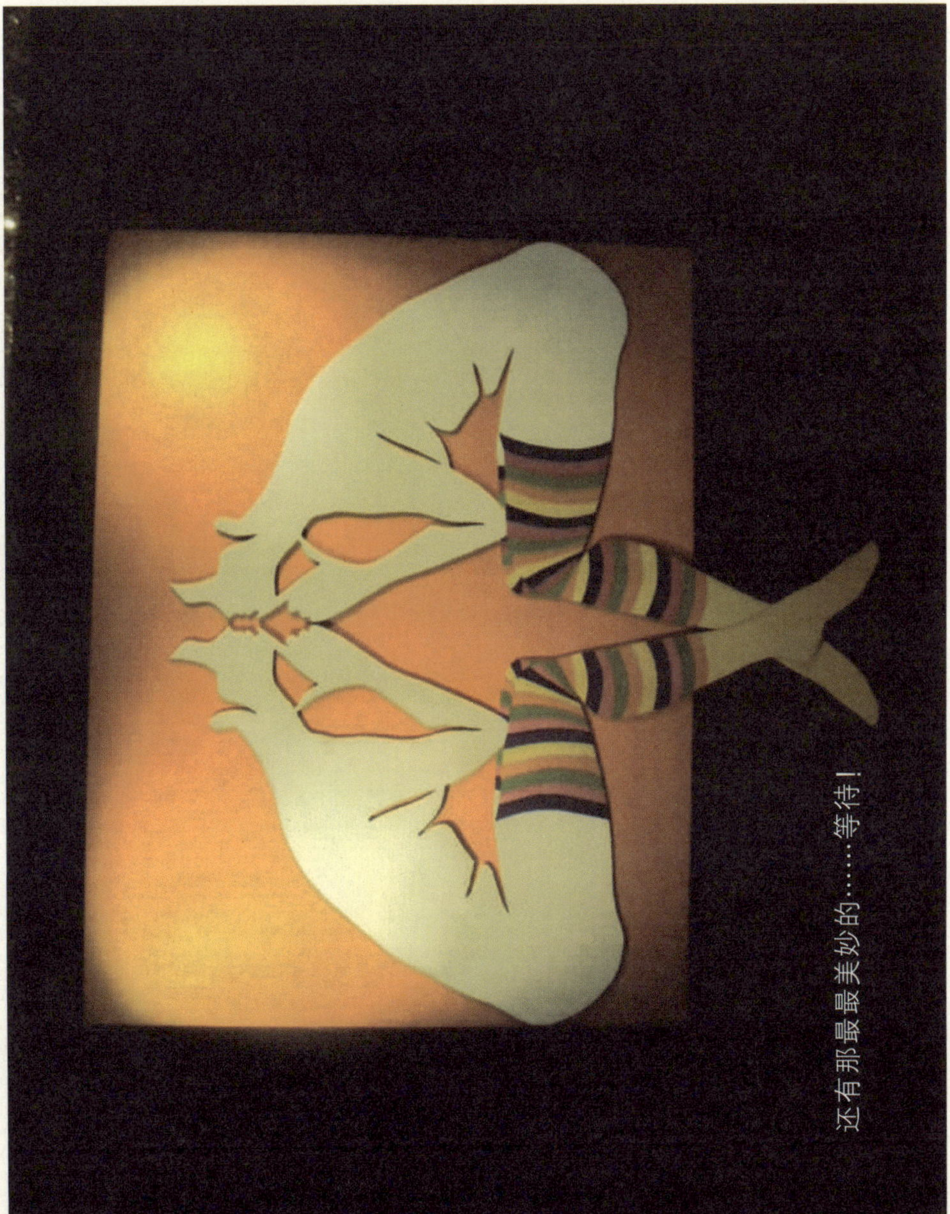

2012年9月

布鲁塞尔皇宫内的展览

2013年1月

科隆霍亨索伦桥上

作别鲁汶

Goodbye, Leuven

自我走后 鲁汶啊
依然风雅着六百年来的风雅
而我 则在故乡永久地怅望
八千英里外的 另一个故乡

那中世纪的石头小巷
依然是满载着故事的羊肠
巷两边阁楼顶的堆垛
依然像是江南的马头墙

那世上最美的市政厅
两百三十六个英雄依然遥望远方
教堂顶上站着的金色铜人
依然在整点时把钟声敲响

老市场里那一间间的酒吧
年复一年迎接着不同的客人
不变的唯有那 Kriek
依然沉淀着酡红的娇媚

还有那智慧之泉 Fonske
依然是头顶着酒杯
依然是手捧着书本
寒来暑往里一直站到永恒

沧桑的图书馆里依然人来人往
圣诞的 Glühwein 依然摇曳着酒香
针刺甲虫依然高耸在广场
图腾之谜给人以无尽的遐想

自我走后，海弗莱的树叶
依然缤纷着每个秋天
树下延伸到天边的木屑小路
依然弹跳着每根年轻的心弦

代勒河依旧波澜不惊地流过
那古老的城堡和吱呀的水车
还有那河上不知名的小桥
今夜是否又添了两把小锁

那绿头水鸭仍在湖里荡漾
或在碧原上旁若无人地吟唱
在艾哈堡的疆域里
它们才是不朽的君王

长长的时空里你我只是一瞬
这代勒河畔的小城方为永恒
在今夜的梦里流干明天的泪
这一刻我把心儿遗忘在鲁汶